LA TIERRA DE LAS GRULLAS

LA TIERRA DE LAS GRULLAS

AIDA SALAZAR

Scholastic Inc.

Originally published in English as *Land of the Cranes*

Translated by Abel Berriz

Text copyright © 2020 by Aida Salazar
Interior Illustrations copyright © 2020 by Quang & Lien
Translation copyright © 2021 by Scholastic Inc.

ISBN 978-1-338-76754-4

10 9 8 7 6 5 4 3 2 1   21 22 23 24 25

Printed in the U.S.A.   40
First Spanish printing, 2021

Para mi bella mami,
María Isabel Viramontes Salazar,
en su vuelo eterno

Mi papi dice:
Hace mucho tiempo, nuestra gente vino de un lugar
llamado Aztlán, la tierra de las grullas,
que ahora se conoce como el suroeste de Estados Unidos.
Salieron de Aztlán para cumplir su profecía:
construir una gran ciudad
en el ombligo del universo,
sobre un montículo en medio de un lago,
donde vieron a un águila devorar una serpiente sobre un nopal.
Llamaron a ese lugar México-Tenochtitlán.
También fue profetizado
que nuestra gente volvería a Aztlán
para vivir de nuevo entre las grullas.

Aztlán

VAGOS RECUERDOS

No recuerdo la montaña
      donde nací
ni el lugar donde gateé por vez primera.

Recuerdo la boca preocupada de Mami,
un susurro de que ella, Papi y yo
      seguiríamos
una bandada de grullas hacia un nuevo
hogar,
      El Norte, Los Ángeles.

Allí también podríamos ser pájaros: grullas marrones;
y los hombres malos no podrían lastimarnos
como le hicieron a mi tío Pedro,
y abuelita no se preocuparía.

Siete años más tarde
creo recordar las suaves arrugas
en la cara de abuelita Lola.

LO QUE YO SÉ:

Sé cómo lucen los pisos relucientes de mi escuela,
una fuente de agua rota
y cómo sabe la leche con chocolate de caja
que compro por cincuenta centavos.

Sé quién es la Srta. Martínez
      y cómo se sienten
los felices apretones de mano que da
      junto a la puerta,
cada mañana antes de comenzar el cuarto grado.

Sé escribir
y dibujar los poemas visuales
que la Srta. Martínez nos enseñó a hacer
para expresar nuestros sentimientos.

Sé que nunca debo olvidar
garabatear mi nombre y la fecha
al final de la hoja.

Sé cómo es el recreo sobre el asfalto
y el tamaño de mis
alas de grulla de color dorado marrón
bajo el sol del desierto.

Sé que Amparo, mi mejor amiga,
se trepa a los columpios como el viento.

Sé lo que es quedarse en la escuela hasta las seis de la tarde,
cuando Papi viene a recogerme
      entre
            sus dos trabajos,
y me lleva a casa
           sobre
sus hombros fuertes,
         tan alto que siento
              que vuelo.

CÓMO APRENDÍ A VOLAR

Mi vuelo   de cielo   azul
comenzó
con una   onda
de plumas
acariciadas   por el aire
en la superficie
     de mis brazos danzantes.

Mis alas brotaron y tropezaron
     con el viento,
empujadas hacia los lados
     al comienzo,
cuando escuché
la voz de Papi:
       Encuentra la dulzura en tu lucha.

Luego, tomé aliento
y pensé
en deletrear
mi nombre sonriente
con las alas,
en amplios círculos
para formar
     Roberta, Betita,
mi nombre casi idéntico
al de Papi,
     Roberto, Beto.

Después me deslicé
y solté una carcajada,
bajé la mirada y vi
las casas, las yardas*
y los perros de nuestra vecindad
que ladraban,
convertidos de pronto en
puntitos y cuadrados
mientras yo flotaba
sobre ellos,
        con Papi volando a mi lado,
            listo para atraparme
                en el camino a casa.

* YARDA: Significa "patio" en el contexto de este libro.

DONDE ATERRIZAMOS

Cada día,
Papi y yo aterrizamos
en la yarda del frente
de nuestro dúplex.

Él busca en el bolsillo
las llaves de nuestra casa rentada,
        y entramos
a nuestra casita de un solo cuarto,
más un cuarto de lavado
que él transformó
en un cuarto pequeñito
con luces de Navidad que brillan todo el año
        solo para mí.

Papi deja caer su pesado
cinturón de obrero dentro de la
caja de herramientas gris pálido
y enciende el comal.
Nos sentamos a comer frijoles y tortillas,
chile, con una pizca de queso.

Entonces es que me cuenta
viejas historias de nuestros
        antepasados,
                de cómo descendemos del pueblo del sol,
        que hace mucho tiempo
                vivían en Aztlán,

entre las grullas,
            y bailaban
y canturreaban como trompetas,
            y cómo un día nos marchamos
a construir nuestra gran ciudad
            en el ombligo del universo.
Papi habla por un costado de la boca,
con los cachetes llenos de comida:
La profecía dice

            que un día
      volaremos de vuelta a casa
                  a canturrear, llorar y hacer
      nuestros nidos en el lugar
            del que un día nos marchamos.

Dice que nosotras las grullas
estamos cumpliendo la profecía.

Luego se acurruca a dormir la siesta
por media hora mientras yo vuelo
afuera a jugar
            con Amparo
en la yarda poblada de árboles
que compartimos con su familia,
      hasta que Mami,
con su piel de plumas color marrón,
      llega a casa,
a veces cargando
una bolsa de limones amarillos
como un regalo en sus manos cansadas,
cantando
            una dulce canción en español,

con una sonrisa de columpio
        en los labios,
y nos lanzamos
        unos sobre otros
        a llenarnos de besos
        y abrazos,
y cómo te fue hoy,
        antes de que Papi se vaya corriendo
a meter las manos
        en espuma
para dejar relucientes
        los platos del restaurante.

GALERÍA DE POEMAS DE GRULLA

Antes de su siesta de hoy
Papi me pide que lo deje ver
el poema visual que hago a diario.
Lo saco de la mochila
y desarrugo los bordes.
¿Qué maravilla hiciste hoy, Betita?
me pregunta en inglés con su acento hispano,
      con palabras redondas, cálidas y suaves
          que son como el aire para mí,
pero que a otros les suenan extrañas y por eso dicen que tiene un acento,
un tanto diferente a mi acento cantarín del este de Los Ángeles
que la directora Brown intenta
corregir,
pero que a la Srta. Martínez
nunca le ha molestado
      ni tan siquiera
          un poquito.

Papi alisa los bordes del papel
y lo alza a contraluz
para inspeccionarlo como una radiografía,
estudiando primero el dibujo
mientras tuerce la boca como si fuera una rueda.
Me ve:
      encaramada en la torre del cohete
      del patio de juegos de la escuela,
      con los ojos cerrados,
      las alas a los costados
      mientras el viento dibuja

una amplia sonrisa en mi cara.
Luego lee la rima que garabateé bajo el dibujo:

El recreo

_Corro, me deslizo, trepo para alcanzar el cielo,
tan alto que casi vuelo._

Pasa el dedo por encima de mi firma.
Es mi mejor y más reciente letra cursiva:

Betita, 7 de septiembre

Besa su orgullo sobre
mi cachete y me da un cariñoso empujoncito extra
que hace que mi cabeza se tambalee.
Tu firma es como la de una artista, mi plumita.
> Pensé que sería como la de una poetisa, Papi, le digo
> porque la Srta. Martínez recientemente nos habló sobre
> Juan Felipe Herrera, el poeta de la nación,
> que es una grulla como nosotros.
Sí, también como la de una poetisa, amor.

Lo miro mientras cuelga
mi poema de grulla
en lo que Mami llama
la "galería del tendedero",
que ella misma colgó a lo largo de
la ventana de la cocina,
encima del fregadero,
mientras silbaba.

TAMBIÉN PLANTAMOS ROSAS

Papi plantó árboles
junto a la base cuadrada
de nuestra cerca de hierro forjado
y dejó un poco de zacate
entre ellos
para que Amparo y yo
pudiéramos corretear
y para que nuestras familias
pudieran juntarse
a asar carne
los fines de semana.

Plantó
    guamúchil,
    guayaba,
    chabacano
    y ciruela,
árboles podados
cargados de fruta madura,
con ramas perfectas,
ideales para trepar.

Entonces Mami dijo:
Quiero rosas para mi altar, por favor.
        Así que nuestras manos plantaron
arbustos pelones al principio,
con raíces nudosas,
que luego se volvieron un estallido
de chillonas hojas verdes

y grandes flores rojas
con un olor muy dulce
que la brisa del verano transporta
en oleadas de aire azucarado a través
de la yarda y que
entra por las ventanas,
penetrándonos las narices
y haciéndonos soltar
un
"Ah".

ÁNGEL VIRGENCITA

Cada día Mami le enciende una vela
a una pequeña imagen de la Virgen de Guadalupe
y al retrato desteñido y enmarcado del tío Pedro.

En la foto, su cara es toda una sonrisa.
Su pelo ondulado es como el de Mami,
       pero más corto,
y luce un círculo de pelo rojizo
alrededor de la boca
que Mami no tiene,
a excepción de un pelito
que le crece en el mentón.

¿Puedo prender el cerillo? ¿Por favor?
Con cuidado no vayas a quemarte, hijita.

Ella reza en voz baja y le pide a la Virgen que nos proteja,
mientras sus manos no paran de tocar las rosas
en el jarrón y los milagritos,
pequeños amuletos metálicos en forma de manos y corazones,
esparcidos a los pies de la Virgencita.

Cada vez que contemplo el altar de Mami
noto que somos
del mismo color de esta Virgen
de piel morena
pintada en la cerámica.

Me fijo en el pedazo de luna
y el ángel alado
que la sostienen.
Mi parte favorita.
Sonrío al pensar que tal vez
la Virgencita sea un ave.

Virgencita llena eres de gracia...

      Mami, perdona, pero creo...

protégenos con tu manto.

      que la Virgencita tiene alas
      como las de su angelito.

Mami suelta una risita
y me toca la panza.
¡Tal vez las esconda bajo la túnica!
¡O tras los brazos!
      Nuestras risas se derrumban
bajo los ojos pacientes de la Virgencita.

      Mami, ¿está tío Pedro con ella?

A Mami se le derrite la sonrisa.
Asiente un poquito con la cabeza
y mira fijamente el retrato de su hermano.

Sí, mi'ja. Él ahora está con ella.

ESCRIBO UN HECHIZO

La Srta. Martínez me enseña magia.

Escribe en la pizarra las palabras
que todos los alumnos de cuarto grado
deberían saber
para que las apretujemos en la memoria.
              Qué juego tan divertido.

Me encanta enlazar
una línea con otra para formar figuras
que signifiquen algo
en el papel.

Al principio no conozco
las palabras en inglés,
pero cuanto más dibujo las curvas
y las líneas, más escucho cómo
suenan en voz alta, y más vivas
están en mi cabeza.

Palabras como
            entonación   o   fortuna,
            energía   o   ángulo,
            angustia   o   libertad,
            mito   o   alquimia
son los casi hechizos
que escribo
con tinta.

PASOS DE GELATINA RANCHERA

Desde mi cómoda cama
los sonidos de sábado por la mañana son
        una explosión de rancheras
que entra en nuestra casita,
        restos de la música que pone
Omar durante el lavado ritual de su carro
        y la campana del paletero
son,   son,   sonando,
        y Papi llamándome:
¡Para arriba, Betita Plumita!
¡Hoy son los quince de Tina!

Cierro los ojos con todas mis fuerzas,
        pero mis oídos son dos redes
que atrapan más sonidos:
        la risita del hermanito de Amparo
y los ruidos de pedos que sé que mi amiga hace
        al bombear el aire con las axilas
me hacen reír,
        antes de que Papi me despierte con cosquillas
        en los dedos de los pies.

Salgo de debajo de las cobijas
        y sigo el olor de los huevitos
y el café que viene de la cocina
        pensando en el
vestido amarillo redondo
        de mi prima Tina.

Me encuentro con Papi que,
          gira,   gira,   girando,
aleja a Mami de la estufa;
          se la arrima para bailar de cachetito
una ranchera de dos pasos;
          entonces me jala hacia ellos
y me envuelven en su abrazo.
          Entierro la cara
en la panza blandita de Mami
          y siento que la boca se me   estira
hasta formar una dulce sonrisa de gelatina,
          mientras brinco
al compás
          de su ranchera de dos pasos.

DESAYUNO SANTUARIO

Cuando nos sentamos a la mesa
traigo papel y crayones.
Guarda eso, Betita, es hora de comer.
Mami me pasa el plato.
Papi me guiña un ojo
y me dejo llevar por el dibujo.

> Tina en su vestido de quinceañera,
> con el pelo liso negro azulado
> que me hace usar dos colores para que quede bien.
> Me dibujo en mi nuevo
> vestido rosa viejo,
> agarrada de la mano de mi prima,
> con la boca tan abierta
> que en cualquier momento me va a entrar una mosca.

Seis redadas en los últimos dos días, suelta Papi.

> *¿Dónde?*

En las fábricas del otro lado de las vías.
La gente dice que habrá más.
Este gobierno nos está cazando.

> *Pero este es un estado santuario.*

> ¿Un qué, Mami?

Papi se aclara la garganta
y dice en voz baja:
Un "santuario" es un lugar donde las grullas no pueden ser atrapadas.

¿Atrapadas por qué?

Se miran uno a otro
y luego a mí.
Me doy cuenta de que no debí hacer esa pregunta
por la manera en que sus cejas preocupadas
caen sobre
los ojos chismosos.

Solo por querer volar, Plumita.

Entonces ¿a nosotros también nos pueden atrapar?

Betita, me tranquiliza Mami, *come, cielito.*
Tenemos que llegar temprano a la iglesia,
antes de que empiece la ceremonia. Mira, mira
este hermoso ramo de nuestras rosas
que hice para que Tina se lo ofrezca a la Virgen.

Bajo la mirada sin recibir una respuesta
y rápidamente le dibujo un ramo de flores
a Tina en la otra mano.
La única palabra mágica que me da tiempo de escribir
es mi nombre floreado y la fecha
debajo.
Betita, 15 de septiembre

LOS QUINCE DE TINA

Me encaaanta el vestido elegante de Tina,
grande y mullido, de satín amarillo
con flores brillantes en el dobladillo.

Su elegancia es cortesía de
Mami y Papi,
los padrinos del vestido,
porque fueron ellos quienes pagaron por él,
salvo los últimos cien dólares que puso
tío Juan, el papá de Tina.

Tío Juan es el hermano de Papi
y la primera grulla que voló hasta aquí
hace mucho tiempo.
Él ayudó a Papi a encontrar trabajo en
la construcción, y tía Raquel,
la mamá de Tina, ayudó a Mami
a encontrar trabajo cuidando bebés.

Son parte de la bandada que tenemos aquí.

Tina me muestra su página de Gram,
llena de tutoriales de maquillaje
que a ella le gustan y cuyos consejos
prueba *conmigo*.
Nos hacemos fotos y videos mostrando
nuestras caras untadas de aguacate verde
y los ojos de pepino;
ella publica todo en su historia de Gram

¡y esperamos a que comiencen a aparecer los *likes*
de sus casi mil seguidores!

Me río al pensar cómo luciría ella
con una mascarilla de avena
y su vestido esponjoso y brillante.

Pero ahora mismo nuestra felicidad
es inmensa porque ella se parece a Bella
bailando un vals con el tosco tío Juan en la yarda,
decorada como el salón de baile de *La Bella y la Bestia*.
Las flores de papel adornan la alta carpa rentada
y la cerca de alambre tiene cintas amarillas entretejidas.

Tía Raquel deja de correr de un lado a otro
el tiempo suficiente para llorar de alegría
y limpiarse las lágrimas con
el borde de su mandil de cuadros
sobre un vestido azul marino de encaje.

Un puñado de amigas de la escuela de Tina
llevan tanto maquillaje
y vestiditos tan ajustados que parecen mayores,
          casi viejas.

Tío Desiderio está de guardia
en el bar para asegurarse de que
los muchachos con caras llenas de espinillas
no tomen cerveza.

La mayoría de los niños más pequeños
corretea entre las mesas
entre los tíos y tías sentados
en sillas plegables, abanicándose
por el calor de los últimos días del verano; pero yo no.
Tengo los ojos clavados en Tina
que flota

              y

                      se desliza
como una grulla danzante.

Le jalo el vestido a Mami
y señalo a Tina, y
luego me señalo a mí misma.

Un día quiero tener
unos quince de grulla
con un salón de baile de *La Bella y la Bestia*
en la yarda, como Tina.

Por el modo en que Mami me aprieta
los cachetes redondos
con sus uñas perfectamente pintadas,
        creo que ella también lo quiere.

CARTEL

Al recogerme en la escuela
Papi dice:
Ahora que estás en
cuarto grado
es hora de que sepas
qué significa la palabra "cartel".

"Cartel", un letrero de cartón
que anuncia algo
como "se vende"
o "lavado de carros";
pero también
un grupo de hombres que venden
        drogas,
        armas
        o, algunas veces,
        personas.

Un cartel le hizo daño a tío Pedro,
lo desaparecieron
porque no les dio
el dinero que querían;
y luego quisieron venir
por nosotros,
que no teníamos nada
que ver.

Es por eso que ya no podemos ver
a abuelita Lola.

Tuvimos suerte de que tío Juan
nos reclamara
antes de que supiéramos
de los carteles.
        ¿Nos reclamara?
Nos puso en una lista de espera.
        ¿Para qué?
Para volar libres, Plumita.

Cuando le pregunto a Papi
si los hombres de los carteles
son grullas como nosotros,
me dice:
Imposible, Betita,
porque esos tienen el alma
tan mutilada
que han olvidado
cómo ser aves.

EL GLOBO DE AMPARO

En la clase de la Srta. Martínez,
Amparo me invita a jugar
a encontrar lugares en un globo terráqueo.
Inclina la cabeza redonda
y su suave cola de caballo se mece
a un lado y al otro cuando habla.

Siempre estoy lista
para jugar con Amparo.

Explica:
Bien, Betita,
primero voy a nombrar un lugar al azar,
luego haré girar el globo terráqueo
y tú tendrás que hallarlo.
¿Lista...?   *¡Madagascar!*

Lo hallo fácilmente.
        ¡Aquí está!
        Esta enorme isla que flota
        en el mar junto
        a África.

Intercambiamos papeles
        y recorro con los dedos
la superficie irregular del globo,
        que muestra las montañas
y los continentes
        que hacen bailar mis dedos.

Comienzo por Alaska;
　　palpo las rugosidades
　　　　de las Rocallosas,
　　　　　　que luego se convierten en las de la Sierra Madre,
　　　　　　　　los salientes montañosos conectados
　　　　　　como una columna vertebral
　　　　ondulada a través de
　　la espalda de América del Norte.

Estos son los lugares a los que,
según Papi, vuelan las grullas.

Amparo grita, impaciente:
¡Vamos, Betita, dime un lugar!

Sin mirar, le digo:
　　　Aquí tienes, encuentra Aztlán,
　　　y hago girar el globo.

Ella entrecierra
los ojos castaños
y me mira.
Sabe que es una pregunta engañosa,
pero me sigue la onda.

Ay, tu papi dice que Aztlán
ya no existe en la vida real;
que los aztecas lo abandonaron hace mucho tiempo.

　　　SÍ existe, dime
　　　dónde está ahora.

Pone los ojos en blanco, pero responde:
Bueno, lo estamos reconstruyendo aquí en el este de Los Ángeles.
Amparo señala Los Ángeles en el globo terráqueo
y luego se pone la mano sobre
el pecho y dice:
También aquí.

¡Doy un brinco de alegría
porque Amparo
ha estado escuchando
los cuentos de Papi!
¡Ella también
sabe que es una grulla!

LA ESPERA

El lunes
se le hace tarde a Papi. Son las seis p.m.
y la escuela cierra a las seis y cuarto.
Las manecillas del reloj
se demoran una eternidad;
trato de no contar los segundos.
Me pregunto si a Papi se le habrá roto un ala
en alguno de los rascacielos que él ayuda a construir
con martillos y acero.

Me pregunto si a Papi se le habrá olvidado
que lo estoy esperando y se fue corriendo
al restaurante donde lo esperan
demasiados platos que fregar.

Pero eso no ha ocurrido nunca.

La Srta. Cassandra, la asistente de la profesora,
arruga la frente
cuando Papi no contesta el teléfono.
Llama entonces a Mami, que es la niñera
de dos bebés mellizos de cachetes colorados
que no pueden volar.

La Srta. Cassandra me da un pañuelo
para que me seque las lágrimas porque Mami
tampoco puede venir ahora a buscarme.

No puede dejar a los bebés
hasta que *sus* padres no lleguen a casa.

Papi está en camino, me susurro a mí misma.

Acurruco las alas y espero.

6:15 P.M.

Cuando las manecillas del reloj
pasan las seis y cuarto y Papi no ha llegado
el sol aún brilla afuera.
La directora Brown me lleva en su carro
al trabajo de Mami,
que está lejísimo de la escuela,
pero cerca de donde
vive la directora Brown.

Me dice:
Todo va a estar bien, Betita.
Probablemente tu papá se complicó.

No lo sé.

Quiero que llegue mi Papi.

LA CASONA

El lugar donde trabaja Mami es tan grande
que podría ser un rascacielos de los que construye Papi.

Cuando llegamos, Mami está cerrando
la ancha puerta del frente tras de sí.
Me pasa un brazo por encima del hombro.
Betita, no pasa nada. Todo está bien.
Su expresión desmiente sus palabras.
Algo *está* pasando, y *no está* bien.
No puedo ver cómo es la casa por dentro.
No puedo conocer a los mellizos.
No puedo saber cómo viven
los que no son grullas.

Gracias, directora Brown. A Mami se le quiebra la voz.

*De nada. Por favor, déjeme saber
si hay algo más que pueda hacer,*
le dice a Mami.

Caminamos hasta la parada del autobús,
viendo a la directora alejarse en el carro.
Mami habla por teléfono,
y ahora está hecha un mar de lágrimas
que caen en la acera.
Cuando le pregunto qué le pasó a Papi,
niega con la cabeza
como diciendo:
Ahora no, Betita.

Por medio de una cadena
de palabras llorosas
me entero
de que alguien llamado ICE
metió a Papi y a otros trabajadores martilladores
           en una jaula
y Mami no sabe cómo
liberarlo.

Lloro al pensar que Papi
no puede volar.

MUROS

En el autobús, Mami me dice
que aquí en El Norte
hay muros que no
se deben cruzar.

No tenemos papeles,
           somos indocumentados, la voz le tiembla.
La palabra significa
"sin permiso".

Le recuerdo a Mami que esta es
la tierra de las grullas.
Tenemos alas
para alzar el vuelo por encima de los muros.

Sí, mi amor, pero no
si ellos tienen jaulas
y no nos dejan volar.

Me envuelve
con un solo brazo
y me besa la frente.
Contemplo como el tráfico se vuelve
cada vez más denso
a través de la ventanilla del autobús
que nos lleva a casa.

UN PAPI EN LA ALMOHADA

Esa noche
me encaramo en la cama de Mami y Papi
para sentir el olor de Papi en su almohada.

Me quedo mirando el altar de la Virgen de Mami.
¿Volveré a verlo alguna vez?

Agarro unas tijeras y corto un trocito
de funda azul de la almohada,
meto el trocito dentro de mi blusa
y lo fijo con un prendedor
junto a mi corazón.

Corto otro trocito
y se lo pongo a la Virgencita de Mami,
entre la luna
y el ángel,
y le rezo para que lo proteja.

> Por favor, Virgencita, no
> te lleves a mi Papi también.

Mami está en la sala
con Diana, la mamá de Amparo.
Son dos grullas murmurando.

Acuerdan que Diana
vaya a recogerme a la escuela
y me cuide hasta que Mami venga a buscarme
a su casita justo al lado de la nuestra.

Diana jamás podrá cargarnos
a Amparo,
al bebé
y a mí
sobre sus
hombros
pequeños.

¿Podré volar sin Papi?

NADIE CUELGA

mi poema de grulla,
el que trata sobre
Juan Felipe, el ave poeta,
que firmé y feché
    Betita, 17 de septiembre

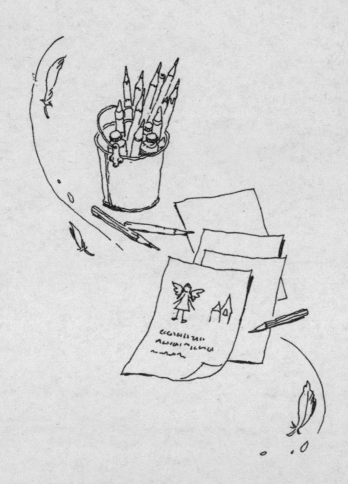

PREGUNTAS

El apretón de manos de la Srta. Martínez
es más cálido que el de ayer.
Toma mi mano entre
las suyas como una empanada
en el horno
y parpadea con sus pestañitas.

¿Quieres preguntar algo, Betita?

Antes de romper a llorar, le pregunto:
   ¿Por qué ICE se llevó a mi Papi?
   Él solo trabaja.
   No le hace daño a nadie.
   ¿Van a hacer que regrese
   a la montaña donde
   los hombres malos pueden hacerle daño?
   ¿De vuelta con abuelita Lola,
   cuyas suaves arrugas
   no debemos conocer?
Me abraza y responde:
Puede ser, dulce Betita.
A los que hacen las leyes no les importa
cuánto da tu papá.
Sus leyes no son siempre justas;
pero hay otros que podrían ayudarlo.
Hay gente que lucha por los inmigrantes.

DOS DÍAS

Dos días sin ver la sonrisa de Papi.
Mi propia sonrisa se esconde en mi tristeza.

Me llevo el trocito de funda de
                          almohada
                a la nariz
        y huelo
el recuerdo
de sus plumas
en el algodón.

NUESTRA BANDADA

Tres días después de que se lo llevaron
Mami le dice a nuestra bandada que finalmente
sabe dónde está Papi.

Tía Raquel nos trae
caldo de verduras y tortillas,
        suficiente para toda la semana.
Tío Juan trae
gente vestida de traje
(abogados, los llaman)
que me recuerdan a la Srta. Martínez
porque le hablan
en español a Mami
y entre ellos hablan en inglés,
aunque Mami habla ambos idiomas.
Solo logro captar uno de los nombres...   Fernanda.

No entiendo
la mayoría de las palabras.
"Reclamación", "incomparecencia", "asilo político", "deportación";
solo que a Papi
lo montarán en un avión y lo enviarán
a México.

Papi no podrá
volver con nosotros
por diez años, con suerte.

Fernanda explica:
No compareció en la corte
el día de la audiencia de su reclamación.
Eso implica deportación inmediata.
            ¡Pero nunca le avisaron!
La respuesta de Mami colapsa como
el pañuelo aplastado que tiene en el puño.
            ¿Y la nuestra?
La de ustedes todavía está vigente, pero
también voy a solicitar asilo político.
No hay manera de saber cuánto demoraría el
caso de ustedes o si lo van a aprobar.

O podríamos ir nosotros
a reunirnos con él en México,
un lugar demasiado peligroso
para considerarlo nuestro hogar.

Se acaba el tiempo.
Mami debe decidir.
Se pone las manos
sobre la panza
y baja la vista
al suelo.

Nuestra bandada se apiña alrededor de Mami,
rozando las puntas marrones
de las alas,
y la abrazan
mientras ella llora.

GRULLA MARRÓN = TOCUILCOYOTL

Papi me dijo una vez:
El nombre náhuatl de las grullas marrones es tocuilcoyotl.
Algunas grullas más claras se cubren las plumas
con barro mientras anidan para protegerse de los depredadores.

Quiero salir corriendo
a nuestra yarda
para hacer una pila de barro
tan grande
que oculte
todo nuestro
dúplex
del resto
del
mundo.

UN NIDO DE BARRO

Mami me envía a la escuela
con Diana y Amparo.
Ha estado en el baño
toda la mañana,
enferma.

Mi panza también
se me hizo un nudo
cuando ayudé a Mami
a acostarse
antes de salir.

Por el camino, me pregunto
si el avión que llevaba a Papi
      volaba más alto
que las rutas migratorias
      de las aves.

Me pregunto si Papi
      ya está con abuelita Lola,
aunque no debemos
siquiera llamarla por teléfono
porque podrían
      encontrarnos.

Me pregunto si lo dejaron
llevarse sus martillos
para defenderse

si el cartel
        va a buscarlo.

Me pregunto si estará escondido
        en la montaña,
en un nido
        hecho de barro.

Quisiera que estuviéramos
con Papi
y que
Mami no estuviera
tan triste, enferma
y sola
en la cama.

HUEVO

Diana dice:
Ten paciencia con tu mami. Encima de todo
el nuevo bebé que lleva en la panza la tiene de cabeza.
            ¿Un bebé? ¿Nuestro propio huevo?
            ¿Por qué no me lo dijo?
¡Ay! Lo siento, Betita. Pensé que lo sabías.
Niego con la cabeza y me muerdo el labio.
Tal vez no quería que te preocuparas.
Todo va a estar bien, Betita. Ella estará mejor en uno o dos meses.

No entiendo
por qué Mami y Papi
me ocultan cosas.

¡Oye, es suave ser una hermana mayor!
Los bebés son blanditos y se
ríen si les haces caras.
Amparo abre mucho los ojos.
Entonces dejo de escuchar a Amparo
porque me pongo a pensar en el color
del cascarón que rodea el bebé de Mami
dentro de su cuerpo.

Me preocupa que ahora tengamos
otra cosa que esconder.

Me preocupo.
¿Cómo podríamos mudar un nido roto?

LÁGRIMAS DE APRENDIZAJE

La Srta. Martínez nos pide que nos sentemos
en círculo sobre la alfombra;
la directora Brown también está aquí,
además de otras personas
elegantemente vestidas
a las que llaman trabajadores sociales.

Resulta que ICE son las siglas en inglés del
      Servicio de Control de Inmigración y Aduanas.
Son ellos los que están haciendo las "redadas",
metiendo aves en jaulas,
cortándoles las alas
y enviándolas de vuelta
al lugar donde nacieron.

La Srta. Martínez nos anima
a hacer un poema visual,
o a hablar si tenemos ganas,
o a llorar si eso es lo que
sentimos por dentro:
      lágrimas de miedo,
      lágrimas de preocupación,
      lágrimas de duda,
      lágrimas de grulla;
y eso hacemos.

Nos dan instrucciones:
Hagan un plan familiar
en caso de que algún miembro

de su familia sea detenido
en una redada.

No nos tranquilizan
las palabras de las personas elegantes.

Cuando Pepe alza la mano
para preguntar: *¿No vamos a estudiar matemáticas hoy?*
la Srta. Martínez lo mira
con ojos tan pesados que parece que los tiene cerrados.
Estamos aprendiendo sobre nosotros mismos.
Sobre el pesar en nuestros corazones.
A veces esa es la lección más
importante que debemos aprender.

Me llevo la mano al pecho y suavemente
acaricio el trocito de funda de Papi,
que ahora comienza a oler más
a mis plumas
que a las suyas.

Quiero irme a casa
y meter su funda
            en un frasco
para guardar el olor de Papi
hasta que pueda
            volver a verlo.

Quisiera saber
qué va a hacer Mami.

¿Hará un plan para nosotros?
¿Tendremos que esperar

todos esos años
o nos iremos
a buscarlo
en su escondite
en la
montaña?

PAPI EN UN FRASCO

Decido cortar la mitad
de la funda de la almohada de Papi
y meterla en un frasco.

La otra mitad la dejo
en la almohada que ahora uso
al dormir con Mami,
que se siente tan mal
que no puede ir a cuidar
a los mellizos de cachetes rosados
esta semana.

Mami mira la aplicación
en su teléfono que le dice
cuánto dinero
tenemos en el banco.
            Se nos está acabando el dinero, dice.
Me canta una canción
sobre un paraíso
con su dulce voz
antes de dormir.

Llora en su
almohada cuando
piensa que ya
me dormí.

ALAS ROTAS

¡Finalmente recibimos una llamada de Papi!
A Mami le tiemblan las manos,
de modo que enciende el altavoz del teléfono
para que las dos podamos escuchar.

Tenía que mantenerme alejado
de la montaña, mi vida.
Se corre mucho peligro allí.

La voz se le entrecorta
y se pierde
en el teléfono.

Estoy en la gran ciudad, Guadalajara.
            ¿Estás bien, Papi?
Estoy con otras grullas de alas rotas,
pero nos ayudamos unas a otras.

Dice que está durmiendo en la calle
y buscando trabajo;
consiguió lo suficiente
apenas para hacer la llamada.

Quiero saber si tiene una almohada.
Me dice:
No te preocupes, Betita.
Me hago una con la chaqueta.

Le cuento de mi frasco con su funda
y cómo lo llevo a todas partes.
Él nos dice que
hay una lata escondida
en la caja de herramientas gris pálido,
donde guardaba dinero para sorprender
a Mami con un carro nuevo.

Mami llora y promete
poner todo el dinero en el banco
y enviarle un poco
para que no tenga que dormir
en la calle y nosotras
podamos encontrarlo.

Cuando Mami le cuenta
sobre el huevo
que tiene en el nido,
él también llora.
*Me has dado la medicina
para curar lo que tenía roto.*

Papi nos deja saber que nos quiere mucho
y, antes de colgar, dice:
*No importa cuánto trabajo pasemos,
recuerden tomarse la vida con dulzura.*

A SALVO

Sonrío
por primera vez
desde que enjaularon a
mi papá grulla
hace dos semanas.

DECISIONES

¡La próxima vez
que hablamos
Papi tiene
su propio teléfono!
Papi y Mami
deciden
que lo mejor
para Mami,
para el huevo
y para mí
es que nos quedemos
hasta que el bebé rompa el cascarón
y crezca un poco.

Mami ya perdió
dos bebés.
A mis padres les preocupa
perder este también.

Después podremos reunirnos
con Papi.

Juntos.

CAJITA DE TESOROS

Acordamos un plan con Diana,
como nos dijeron la Srta. Martínez y
la directora Brown que hiciéramos
        por si
          alguna vez ICE
detiene a Mami en su trabajo
         y yo me quedo
             sola.

Llenamos una caja
con nuestros tesoros,
una cajita para que Diana
la conserve.
A nuestra cajita, Mami la llama
pruebas.

      ¿Pruebas de qué? le pregunto.

De que existimos y
de que somos buenos.

Mami me muestra
y me explica para que yo lo sepa también:
      nuestros papeles de reclamación,
      fotos de nosotros,
      el número de teléfono de abuelita Lola,
      nuestra tarjeta del banco,
      facturas,
      historial médico,

los impuestos que hemos pagado,
fotos de lo que los hombres malos le hicieron a tu tío Pedro,
que no puedes ver,
           y
esta memoria flash con
una copia digital de todo esto.
Añado a la cajita de tesoros
- el poema visual que Papi no llegó a ver
- dos frascos:
          el de la funda de Papi
          y otro que
          hice
          con la funda de la almohada de Mami.

Tío Juan y tía Raquel
están al corriente.
Diana tiene ahora una copia de las llaves.
Sabe dónde
está la cajita de tesoros
si lo peor
llega a ocurrir.

¡ESCRÍBEME!

Papi dice que le llegó el dinero
que le mandó Mami.
¡Ya no estoy durmiendo
en la calle!
También tengo mi propia almohada,
pero mis alas aún no han
sanado del todo.

Cuando lloro
en el teléfono, me dice:
¡Escríbeme, Betita!
Escríbeme para contarme
cómo pasaste el día: bien o mal;
o lo rica que está la leche con chocolate,
o cómo se deletrean tus palabras favoritas,
o cómo está creciendo el huevo, ¿okéi?
Pero deja ahí la tristeza.
Recuerda la dulzura.

Asiento, pero él no me ve
a través del teléfono.
¿Okéi, mi Betita?

    Lo haré, Papi.
    Te enviaré
    poemas de grulla
    cada vez
    que quiera
    volar contigo.

CORREO

En la primera carta que le envío,
dibujo:
>   la cama de Mami y Papi
>   y dos caritas sonrientes.

Escribo:

>   Duermo sobre tu almohada sonriente,
>   le falta la mitad de la funda,
>   como dientes delanteros ausentes.
>
>   Betita, 9 de octubre

CIENTÍFICO POR SEIS MESES

Cuento seis meses hasta que el bebé
rompa el cascarón.
Abril.
Falta demasiado tiempo para ver a Papi.

¿Tal vez Papi logre
regresar con nosotros antes que eso?

Mami me dice:
Papi está buscando trabajo como agrónomo.
            ¿Como qué?
Como científico de plantas y suelos.
            Pero Papi es constructor y friegaplatos, no científico.
Eso es lo que era antes de irnos de México.
Fue a una entrevista de trabajo en una granja de agave.
            ¿Está lejos de la montaña?
Sí, Betita.
Allí nadie sabe quién es él.

Papi no necesitará sus
martillos en la granja.

Me pregunto qué otros
superpoderes
tendrá mi papá
de los cuales no tenía idea.

UNA CANCIÓN

Mami está de vuelta con los mellizos.
Me cuenta que les canta
      otra vez,
      como solía hacer conmigo,
      como solía hacer
      cuando era maestra
      en México.

Enseñamos por medio de las canciones
porque así el aprendizaje es más fácil y divertido.
¿A quién no le gustan las canciones?

Es cierto.
Mami aprendió el inglés
que sabe cantando
canciones en la radio.
De ese modo
me enseñó
      los colores,
      las figuras,
      los números
      y la multiplicación
en español,
con sus canciones.

POEMAS DE GRULLA PARA UNA GRANJA

Me aprendí de memoria
la dirección de la granja
donde Papi vive ahora
porque le envío por correo
los poemas visuales
que le prometí
para tomarme la vida con dulzura.

Los hago al terminar las clases,
cuando espero
que entre,
   me sonría,
     extienda los
       brazos como rampas,
         listo para alzarme;
pero ahora es a Diana
a la que veo cada día.

Dibujo un corazón
con alas
en las nubes
y el cielo azul
del este de Los Ángeles
junto a las palabras:
  Quiero volar
  en el cielo azul
  contigo, Papi.
  Betita, 7 de noviembre

Dibujo un enorme nido marrón
con grandes ojos y pestañas largas
como las de Mami
con un huevo diminuto,
y a mí sentada
junto a él,
con las piernas cruzadas,
como meditando,
sosteniendo el frasco de almohada
en las manos,
junto a las palabras:

> *Espero*
> *que*
> *el bebé grulla*
> *llegue*
> *y sueño*
> *con verte otra vez.*
> *Betita, 11 de diciembre*

MAÍZ COMUNITARIO

Una mañana de sábado sin Papi,
Mami y yo atravesamos
nuestra vecindad para tomar el autobús
hasta la clínica comunitaria
para su chequeo
con Sandra, la enfermera partera.
Después vamos a la iglesia.

Practico batir las plumas
mientras troto para mantener el paso de Mami.
El elotero nos pasa de prisa
por al lado, con las campanitas
de su carrito repicando
al ritmo de nuestros pasos.
Lo paramos
para comprarle un elote en un palito
con mayonesa,
queso y chile.

Las señoras barren y limpian
los porches de concreto,
les gritan a los niños
que aparten sus bicicletas rotas,
conversan unas con otras
por encima de las cercas de hierro,
cruzan los brazos
sobre sus panzas.

Un viejo con sombrero de vaquero
monta una bicicleta con una cesta de plástico
que contiene un pollo vivo
amarrada al manubrio.

De cada casa brota
un aroma propio
　　　　de sopa o carnes o salsas,
o el perfume del
agua de trapear con Pine-Sol
vertida en la entrada.

Pero mi olor favorito es el
de los geranios cuando
arranco una hojita y me la froto
contra la palma de las manos,
　　　　hago un cuenco con estas
y se las acerco a Mami a la nariz
para hacerla sonreír.

En la clínica,
los chismes de grullas
llenan la sala de espera
como si sonara una banda de cazuelas y sartenes
hasta que entramos al cuarto de chequeo
limpio y silencioso.

¡Tú y el bebé están muy bien!
Todo marcha como lo previsto para las veinte semanas,
dice la enfermera Sandra mostrándonos
el ultrasonido de nuestro huevo.

Patea con sus piernitas, chupándose
el pulgarcito, y dándonos
la espalda como hago yo
cuando estoy en la cama
y no quiero
levantarme.

Mami paga cien dólares por la visita
porque no tenemos el seguro que tendríamos
si no fuéramos grullas.

Estoy feliz, dice, *el bebé está bien*.

Mami y yo salimos casi dando brincos
de vuelta al frío sol de la mañana
que se vierte
sobre mi este de Los Ángeles
como oro líquido,
del color del maíz.

UN SECRETO PARA UN ÁNGEL

Santa Rosa de Lima está súper abarrotada.
Es el día de la Virgen de Guadalupe.
Nos abrimos paso
hasta la imagen grande de
la Virgen, que tiene
más flores que
un jardín.

Le doy un poema de grulla secreto
a su ángel.
        Mi deseo de dulzura para Papi.

Lo doblo en forma
de triángulo de origami apretado
y lo cuelo entre la peluda cabeza
del ángel y la medialuna.

Casi no es un secreto porque
se ve buena parte de mi
nombre y la fecha en el doblez del triángulo.
        ita, 12 de diciembre

PARQUE DE LA AMISTAD

Necesito ver a mis amores,
dice Papi cuando llama.
El dolor
de querer estar junto a él
                me deja   el corazón   en carne viva.
A Mami se le llenan los ojos de lágrimas
cuando le contesta:
Y nosotros necesitamos verte, cariño.

Una grulla me dijo
que hay un modo de encontrarnos
en un lugar llamado el Parque de la Amistad,
en la frontera de Tijuana y San Diego,
aunque estaríamos separados
por una cerca.
              ¿De verdad, Papi?
              Tal vez hasta podamos darte la mano.
              ¡Tal vez puedas tocar el nido de Mami!
              ¡Tal vez podamos abrazarte!
No estoy seguro,
pero eso sería algo muy dulce, ¿eh, Plumita?
              Ojalá pudiéramos hacerlo.
              ¿Podemos?
Bueno, yo podría tomar el autobús de los viernes por la noche
a Tijuana y llegar allí el sábado,
cuando el parque esté abierto.

Mami interrumpe:
¿Puedo pedirle a tu hermano Juan que nos lleve en su carro?

Papi, ¿está lejos Tijuana?
No tan lejos para ustedes como para mí.
¡Por favor, Papi!
¡Por favor, Mami!
¿Podemos intentarlo?
¡Podemos! ¿Por qué no, mi'ja?

Papi, ¿crees que no haya peligro?
pregunto, recordando de repente
que ICE lo detuvo.
No en el Parque de la Amistad, dicen ellos,
¡ese lugar está hecho para que la gente se encuentre!

Mis alas comienzan a menearse cuando Papi dice:
Hablemos con tío Juan
a ver qué dice.

PLAYA FRONTERIZA

Tío Juan pone norteñas
sin parar en el carro,
camino a encontrarnos con
Papi en San Diego.
      Las cabezas de tío Juan, tía Raquel,
          Tina y Mami
   se mecen entre acordeones y trompetas.
       Mi mente nerviosa no para de saltar.

Mami le trajo a Papi gorditas caseras
rellenas de picadillo y esa salsa suya que es demasiado picante para mí.
Yo le traje un nuevo poema de grulla
y la funda de su almohada
      para que él la guarde en su camisa
      durante la visita
      y me la devuelva con el olor
      de sus plumas.

La autopista está abarrotada de carros
y hay demasiados camiones
por todas partes, bloqueando la vista
de todo lo que nunca he visto
      fuera del este de Los Ángeles...
          Ciudades, colinas verdes, cielos abiertos
    con halcones que vuelan
        y caen en picada,
    aterrizando sobre los cables telefónicos
que parecen un collar
que adorna la carretera.

Tina puso el Parque de la Amistad
en el GPS,
pero la señal viene
        y va.

        ¿Ya estamos llegando?
le pregunto a tío Juan y a Tina cada varios minutos
y mi tío suspira profundo,
pero entonces me da una tarea.
Betita, cuéntanos un cuento.

Desde el asiento de atrás donde estoy sentada,
                apretujada entre
        Tina y Mami,
les cuento que Amparo
y yo jugamos a los guerreros chichimecas
por las historias que Papi nos contó una vez.
        Papi decía que los guerreros más valientes
                rechazaron a los españoles durante siglos.
        Nunca los conquistarían.
Justo entonces a Mami le entra una llamada de Papi, y nos dice:
¡Ya llegó! ¡Dice que el Parque de la Amistad está cerca de la playa!

Puedo verlo ahora
tras la cerca,
con la cara resplandeciente
y las alas rotas,
parado donde
la tierra se encuentra con el océano,
                esperando para darnos las manos.

SALIDA DE FE

Mi GPS no está funcionando, dice Tina
mirando el teléfono
mientras yo sigo contando historias.
> Por todas las Américas
> hay lugares con enormes pirámides
> donde nuestra gente
> seguía el recorrido de las estrellas.
> Son cien veces más grandes que estos camiones.
Apunto a los dos que nos bloquean por ambos costados.

Pa, creo que nos pasamos, grita Tina por encima de mi voz.
> *Me bajaré en la próxima salida.* Mi tío trata de pasarse a la derecha,
pero el camión que tenemos al lado se lo impide,
de modo que él trata de rebasarlo.

Al pasar el camión, leo en voz alta un letrero que dice:
> "Última salida de EE.UU.".
Tío Juan gira la cabeza como un búho
> para mirar atrás.
¡Híjole! ¡Nos pasamos la salida!
> *¿Qué? ¿Qué pasó? ¿Podemos girar en U?*
Las cuatro le lanzamos preguntas como si fueran gomitas elásticas.
Ay, Dios, me temo que no podemos hacer otra cosa más que seguir.

Mi tío niega con la cabeza y agarra bien el volante
como si nos fuéramos a caer
> por un precipicio.

Pero no caemos.
El carro disminuye la marcha con el tráfico
y pasamos junto a lo que parece
una gasolinera gigantesca
con un letrero descomunal que dice:
M É X I C O.

Las palabras de tío Juan salen como en un maratón:
Tenemos que volver atrás. Tengo que decirles
que fue una equivocación. Todo estará bien. Estaremos
bien. Tenemos papeles. Tienes los de
Fernanda, ¿verdad?
Mami asiente rápidamente y se lleva la mano a la panza.
        ¿Estamos bien, Mami? ¿Y qué hay de Papi? pregunto.
Ella se inclina hacia mí y me dice:
Todo va estar bien, Betita.
Ten paciencia. La Virgencita está con nosotros.

Me toma la mano y me la enrolla
con un rosario.
Debemos tener fe
en que todo va a estar bien.

PATRULLA DE BOCA

Nos unimos a la fila de carros que se mueven lentamente.
    ¡Es como la hora pico en Los Ángeles!, suelto.
    Mami, ¿eso de ahí delante es la frontera de EE.UU.?
¡Ya, Betita! grita tía Raquel. *Me estás poniendo nerviosa.*
Tina me da un golpecito con el codo.
Mami me calla delicadamente tapándome la boca con los dedos.
No sé qué fue lo que dije mal,
pero cierro la llave de mi boca.

Al acercarnos a la caseta
crece el silencio dentro del carro.
Un hombre con las palabras
"Patrulla Fronteriza" en el chaleco
se acerca y dice: *Pasaportes, por favor.*
Me siento aliviada de que no sea ICE.
Mami le entrega los papeles
que nos dio Fernanda, y tío Juan
le da su pasaporte y el de Tina,
pero no tiene ningún papel de tía Raquel.
El agente revisa los papeles y nos hace señas
de que estacionemos al costado para una inspección.

Nos bajamos y la boca de tío Juan comienza a correr otra vez,
hablando con otros dos agentes que se han acercado
a revisar el carro y nuestros papeles.
No puedo entender todo lo que dicen, pero noto
que a Mami
le tiembla mucho
la mano entre la mía.

GUERREROS CHICHIMECAS

A tío Juan se le pone roja
la cara cuando discute,
y los brazos de helicóptero
se mueven en todas direcciones.

De repente uno de los agentes
agarra a tía Raquel por el brazo
y la lleva hasta un SUV.

Tía Raquel empieza a llorar,
se da la vuelta
y les grita a tío Juan y a Tina:
Por favor, no dejen que me lleven. ¡Por favor!

En un abrir y cerrar de ojos un agente ha agarrado a Mami
por el brazo también, pero ella se suelta.
    ¡Espera! ¡No, no, no!
    ¡Nosotros necesitamos asilo, eso es lo que dicen los papeles!
El hombre la vuelve a agarrar por el brazo y le dice fríamente:
Eso no es suficiente, vas adentro.

Corro a abrazar a Mami por la cintura
y le grito al hombre:
    ¡Soy una valiente
    guerrera chichimeca!
    ¡No te vas a llevar también a mi mamá!
Mami me aprieta fuerte contra sí.
Pero ¿y mi hija? ruega.
Se va contigo, interrumpe el hombre.

Las caras de Tina y de tío Juan parecen
desbordarse del asombro, sus ojos rebotan
desesperados en dirección a nosotras.

Tina alza la mano rápidamente
para filmar con el teléfono.

Yo le lanzo un golpe al hombre
con un brazo furioso
como una espada.

Repito, más alto:
    ¡Soy una valiente
    guerrera chichimeca!
Pero el agente con mala cara
me aparta de un manotazo.

                    Abro las alas para volar,
                pero antes que pueda alzar el vuelo
            nos arrastran
al interior del SUV
con tía Raquel,
y nos cortan las alas
cuando la puerta
se cierra
de golpe.

Mictlán

DENTRO DEL SUV

A Mami y a tía Raquel les han atado
las alas a la espalda
con unas finas cintas de plástico.

Me amarran al asiento
a la fuerza.
      Los aparto
de un empujón, gritando.

Escucho la voz preocupada de Mami:
¡Haz lo que te digan, Betita!
¡Por favor, amor, por favor!

Las lágrimas de Mami y de mi tía
      chocan
con las mías cuando vemos
      alejarse a tío Juan y a Tina
y lentamente el SUV se llena de otras personas.
Nos ponemos en marcha finalmente.
No nos hablan.
No nos dicen
a dónde nos llevan.
No responden
cuando Mami les pide,
como le dijo Fernanda,
"asilo político"
porque
en la montaña
nos espera el peligro.

Solo hablan para decirnos:
Han sido detenidas por
violar las leyes migratorias de Estados Unidos.
Serán procesadas y
transportadas a un centro de detención.

¿Detención, como cuando uno
se porta mal en la escuela?
¿Procesadas?

Mami reza porque tío Juan pueda
comunicarse con Fernanda y porque ella
sepa dónde encontrarnos,
que alguien llame a Papi
o a la familia de Amparo
y les digan
que nos detuvieron.

Virgencita, protégenos, por favor, dice Mami.

Aunque estamos
atadas,
toco la cara llena de lágrimas de Mami
con una mano.
Con la otra
protejo nuestro huevo
que descansa en su nido.

Tengo miedo
de que se quiebre.

NOS LLEVAN POR

el desierto hasta
un "centro de detención";
no grullas, presas.

UN EDIFICIO HECHO DE HIELO

Al llegar, un monstruo de concreto
enorme y helado
       nos devora
con su pesada boca.
Las puertas son de hierro pintado.

Lentamente atravesamos
cuartos tan fríos como piedras.
Había oído hablar de este lugar,
la hielera, un sitio que he visto en las noticias
donde mantienen congeladas a las grullas
que tratan de encontrar su hogar.

Nos ponemos en la fila junto a otras grullas,
madres e hijos que también están aquí.
Están siendo "procesadas" como nosotras.
A tía Raquel la llevan
a otra fila en la que no hay niños.
¿Será porque Tina no está con ella?

Me aferro al cinto de Mami
cuando entramos en un cuarto
en el que finalmente le quitan a Mami los plásticos
de las muñecas casi sangrantes.
En lugar de frotarse las muñecas,
Mami me arropa
entre sus brazos cálidos.
No me suelta.
Luego, sus ojos, húmedos del llanto,

me miran como diciendo:
Sé valiente, mamita, sé valiente.

La hacen vaciar sus bolsillos,
aunque todas sus cosas
están en la cartera
que ellos ya tienen.
Mami aguanta la respiración
cuando le quitan la medalla
de la Virgen del cuello.

Me ayuda a vaciarme los bolsillos
pero tampoco quiero
darles lo que tengo.
      Cincuenta centavos para la leche con chocolate,
      un pedacito de concreto que brilla en el sol,
      una abeja muerta y seca que recogí en la yarda
      y un poema de grulla doblado
      que recién hice para Papi.

      El poema muestra guerreros chichimecas voladores
      que revolotean sobre mi escuela
      y dice:
            Un enjambre de guerreros
            como abejas sobre nuestras cabezas.
            Nos mantienen a salvo
            mientras estás lejos, Papi.
            Betita, 4 de febrero

No les muestro el trocito de funda de Papi
que corté y que me calienta el pecho,
pues no es para que nadie más que yo y quizás Mami
lo huela jamás.

CAPAS PLATEADAS

Entramos al laberinto del monstruo de hielo,
hecho de faldones de cerca de malla metálica,
jaulas llenas de grullas,
más tonos de marrón
de lo que he visto jamás.
Familias capturadas,
        con las caras tristes,
           caras preocupadas,
              caras llorosas,
      caras distantes;
             algunos están acostados,
      otros, de pie, con los brazos cruzados,
          otros,   sentados,
ya sin alas,
    y en lugar de estas, una capa plateada
      que rechina
  cada vez que se mueven
o se la acercan al cuerpo.
    Toses,
      llantos de bebés,
        gente que habla
   en voz baja;
todo se me mezcla en los oídos.
    Las capas
se mueven y resuenan
   tan alto dentro y fuera
     de sus murmullos.

¿Es aquí a donde nos llevarán
cuando a Mami y a mí nos entreguen
una capa doblada para cada una?

Algunos nos ven   y me doy cuenta
de que sienten pena por nosotras. Otros solo nos miran
                    desde lejos, tal vez preguntándose
cuándo serán libres.
                    Otros cierran los ojos
                    y aprietan los puños
          como a veces hago
cuando quiero que una pesadilla
          se acabe.

DEBE SER CASI LA HORA DE DORMIR CUANDO

nos encierran tras
la jaula de grullas con
capas plateadas.

HAMBRE

La panza me gruñe
como mapaches de basurero
que rugen en la oscuridad.

Hasta ahora
tenía demasiado miedo para notarlo.

Cuando le digo a Mami:
          Tengo hambre.
Ella baja la vista
hacia mí:
Sí, mi amorcito, yo también.

Entonces recuerdo
que el bebé que lleva en la panza hace que
Mami esté hambrienta como una oruga
y que si se olvida de comer
proteínas, le dan
mareos y dolores de cabeza
y ganas de vomitar.

NUESTRO SITIO EN UNA JAULA

En una jaula con lo que parecen
ser treinta madres con sus hijos,
Mami y yo encontramos
un rinconcito en el piso de concreto
con espacio suficiente para una persona sentada.
Mami se sienta primero, y luego
me hala la mano
        y da unos golpecitos frente a ella
para que me siente entre
sus piernas.

Nos cubre a los tres
con las sábanas plateadas.

Los otros
nos miran con atención,
esperando por *nosotras*,
mientras nosotras esperamos
pacientemente
a que *ellos* nos digan
hola.

JUSTO AL LADO NUESTRO

Mami busca la mirada de una mujer
            frente a nosotras.
Ansiamos una sonrisa,
            pero esa mujer está vacía,
así que Mami mira
a la siguiente
y a la siguiente;
todas están demasiado tristes o soñolientas
para intentar mover los labios,
abrirlos
y soltar un rayo de sol.

Poco a poco las grullas comienzan a acostarse,
extienden las cobijas plateadas sobre el
            fantasma de sus alas,
            sobre sus brazos, piernas,
            y también sobre sus hijos.
El frío es tan fuerte que pincha y no nos deja dormir.

Mami sigue buscando una luz,
comienza a recibir tímidos gestos de cabeza
hasta que finalmente una mujer al lado nuestro,
con tres hijos,
deja que un *hola*
florezca en su boca.

PIENSA EN LA DULZURA

Imaginarme el ceño fruncido de Papi
cuando se enteró

de que no íbamos a llegar porque nos habían detenido
hace que me sienta mareada de tristeza.

Quiero pensar en la dulzura,
como dice Papi siempre,

así que me imagino que estamos
en una fiesta en una yarda

con cintas rojas, amarillas, anaranjadas y verdes
que ondean al viento,

se entrelazan en la cerca
y nos envuelven con sonrisas danzantes.

Pienso en Tina feliz
y en mi quinceañera de algún día,

pienso en escribir un hechizo
y en los ángeles con alas de la Virgencita,

pero la brisa helada
me interrumpe.

Entorno los ojos para apartarla
y otra vez sueño con cintas,

pero el aire frío que me desgarra
la piel de gallina

me recuerda, con más fuerza,
que estamos sentadas

en una celda abarrotada,
y mi pedacito de dulzura se está muriendo.

LUCES, FUERA

Ella dice que su nombre es Josefina Ramírez
y que viene de un pueblo de pescadores en El Salvador.
Nos perdimos la cena.
Es una bandeja miserable de comida congelada con sabor a vómito.
Mañana la probarán ustedes mismas.
Juguetea con su bebé,
un polluelo de grulla marrón de cara redonda
que se escabulle y tose a su costado.

¿Es así como *yo* debería mantenerme calentita?

Ella dice:
Pronto apagarán
las luces,
pero a cada hora tendremos
linternas en la cara. No estoy segura
de qué es lo que buscan.
Algo sí es seguro:
aquí nunca hay calorcito.

Sus polluelos están
            callados cuando
no están tosiendo.
Tienen la cara colorada de ronchas.
            Sus ojos parpadean como destellos de luz
            mientras se rascan la cabeza.
            Tienen los labios azules de frío.

Hago como que soy
          un polluelo recién nacido también
y descubro que el lugar más cálido
          es junto a Mami
y el huevo.

El rechinar de las cobijas
se acalla   lentamente tras un rato
y escucho a Mami llorar como las otras,
pero la
          tos,
          tos,
          tos del
polluelo de Josefina sigue golpeando
                    la noche
          hasta que eso también
se convierte en un latido
          que me tumba
y me pone a dormir.

ENTRESUEÑO

Sueño con Papi
               que vuela
                    al lado mío.

Los ojos negros brillantes le relucen.

Veo su pelo ondeado
       echado hacia atrás por el viento.
       Mami también vuela
       con el huevo bajo su cuerpo.
El parque y las autopistas
       debajo, carros
       como hormigas,
       estamos muy alto.

Todos nosotros, remontándonos.

Entonces lo veo caer,
       de repente,
produciendo un sonido como de
       petardo,
tan alto que me deja un pitido
       en los oídos.

Caigo yo también,
aunque agito
       los brazos
       desesperada.

Mami cae
detrás.

     Grito.

Un húmedo punto rojo
me crece en el pecho
que me toco
con los dedos.

Siento que nos
       han disparado.
¿Habrán sido unos hombres
       que no puedo ver en la montaña
de abajo?

El corazón se me desboca como un tren
dentro del pecho
y hace que me despierte.

Veo que el prendedor
       que sujeta el trocito de funda de Papi
me está hincando y
       me saca sangre.

Estoy acostada junto a Mami
       sobre el piso de concreto.
La panza me murmura y gruñe
       y siento la garganta
como si tuviera
       una enorme toronja

atascada tras la
        lengua.

Se encienden las luces
        dentro de esta jaula
y una masa de
        cobijas plateadas
comienza a moverse
        en el frío sin final
de esta hielera.

JOSEFINA

Estos son Yanela, Carlos
y la bebé Jakeline,
dice la madre grulla
que nos habló anoche.
Me siento junto a Mami,
        tiemblo al inclinarme sobre ella
y me fijo en las caras marrones
que se suavizan bajo la luz blanca brillante.
Veo la forma de sus
alas rotas,
cuyas puntas usan
para   rascarse,
        rascarse,
                rascarse
la cabeza.

Josefina jala a la pequeña Jakie
hacia ella y comienza
a revisarle la cabeza.
Me rasco, sintiendo
una comezón de repente
en mi propia cabeza.
Mami me peina las plumas
con las manos mientras
escuchamos a Josefina contarnos
cómo llegaron aquí.

Las cosas estaban bien duras en El Salvador. Tenía un carrito de comida en el que vendía pupusas que hacía yo misma. Vinieron los marreros y me dijeron que les pagara renta todos los meses o les harían daño a mis niños. Les pagué el primer mes, pero al siguiente no quise pagarles, así que me pegaron frente a la bebé y dijeron que sabían a qué escuela iban Yanela y Carlos. Les pagué otra vez, aunque no me quedó nada para nuestros gastos. Entonces vi que mataban a un hombre por no pagar la renta de su carrito, y supe que yo sería la siguiente. Nos marchamos esa misma noche. Nos escondimos en otro pueblo con mi tía. Mi madre nos envió dinero para pagarle al coyote que nos trajera hasta la frontera para pedir asilo, pero nos metieron en estas jaulas; estamos atrapados como animales cuando todo lo que queríamos era un poco de ayuda.

Mientras la escuchamos,
la bebé se deja caer en
brazos de su hermana mayor y se ríe
dulcemente, pero su hermana
no se sonríe.
Carlos, el niño, se mece de un lado a otro,
casi como si bailara,
y me frunce el ceño
plegado en
la pasa
de su cara
de niño que se chupa el dedo.

INSECTOS MARCHITOS

Mami me arrima hacia ella
cuando cuenta
cómo llegamos aquí.

Intento contarle sobre las grullas a Josefina,
pero Mami me hace callar.

Susurra
para no llorar.

Josefina niega con la cabeza
mientras Mami habla,
aprieta los labios hasta que se arrugan,
trata de calmar a Jakie sobre su
regazo y continúa
esculcándole la cabeza a la bebé.

Entonces parece que atrapa algo
entre dos uñas,
lo aprieta hasta que ese algo
pequeño, muy pequeñito, revienta con un "pop".

      ¿Qué fue eso?

Con una media sonrisa se
apiada de mí
porque no sé.

Son piojos.
Pequeños insectos

que a veces agarra la gente.
Dale unos días aquí, mi'ja,
y tú también los tendrás.

Carlos me mira con ojos
entrecerrados, se saca el pulgar
de la boca
y suelta una carcajada.

El apestoso.

Yanela, la niña,
tiene la vista baja
todo el tiempo.
Se inclina tristemente
como una flor marchita.

OFRENDA

Le ofrezco una sonrisa a Yanela
para intentar hacer crecer la dulzura
en una niña que pudiera ser de mi edad,
¿que pudiera ser una amiga?

Su expresión es
tan dura como el acero.

Josefina me ve
            acercándome
a la tierra de su hija,
con la intención de sembrar una amistad.
Le alza el mentón a Yanela
            por un segundo,
pero en cuanto la suelta,
Yanela vuelve a hundir
la cabeza
            en el suelo,
como el plomo.

LA HERIDA MÁS PROFUNDA

Josefina toma un poco de aliento
      y trata de sonreírnos,
      pero su propia voz tan triste
espanta lejos la sonrisa
      a medida que desenreda un poco más
      el hilo de su historia.

Me quitaron a mis niños
días después de haber llegado por primera vez.
Lo llamaban "tolerancia cero".

Nunca olvidaré cómo lloraban
cuando se los llevaban,
con tanto miedo en sus lágrimas,
y yo sin poder hacer nada.

Día y noche les rogué
que me los devolvieran,
pero los mantuvieron lejos de mí por dos meses.

Fueron los días más largos y penosos de mi vida.
No sabía si los volvería a ver.

No sé a dónde se los llevaron
o qué les hicieron.
Solo sé una cosa.

Cuando finalmente me los devolvieron
eran otros niños.

Nos deportaron a Tijuana al día siguiente.
Ahora nos detuvieron en el segundo intento
de llegar a Los Ángeles, donde mi hermana
nos espera y nos tiene un lugarcito.
        Qué pena, Josefina, lo siento tanto.
Mami le da suaves golpecitos en la mano.

Yanela acuesta a la bebé Jakie
en su regazo, rodea a su hermana
con los brazos, recuesta
la frente suavemente
sobre la cabeza de la bebé
como si quisiera esconderse.
La bebé Jakie mueve la cabeza
hacia atrás y le da un beso a Yanela en
la punta del mentón.

Envuelvo la pierna firme de Mami
con la enredadera de mis brazos,
con mucho miedo de que ese mismo dolor
lo suframos nosotras   también.

COMIDA CONGELADA

Escucho que se abre la puerta
y me vuelvo y veo a dos guardias con un carrito.

Uno de los guardias grita:
¡Hora de comer, burros!

      Nos llamó burros, Mami,
le digo incrédula.

Aunque me muero de hambre
les hago una mueca,
pero Mami me pasa la mano
por la cara suavemente.

Sé que tiene hambre
por el modo
en que traga lentamente.

Hacemos fila para que nos sirvan
un burrito
mohoso y medio congelado
en una bandeja de cartón.

Esto es exactamente lo que se siente
al estar en esta cárcel.

JUEGO DE CARTÓN

Hago un juego
yo sola
con la bandeja de cartón
y las servilletas
que conservo.

Me meto en la boca unas tiritas de papel,
las enrollo y las amaso
dándoles la forma de un ave
húmeda a causa de mi saliva.

Me imagino que la bandeja
es un barco que navega,
        no,
un nido.

Coloco
el ave en la bandeja
y le pongo debajo de
su pequeña cola
un perfecto huevo ovalado.

Luego hago una muñeca
y le doblo las piernas
        debajo del ave,
y la pongo
boca   arriba,
mirando

al azul más intenso
del cielo.

Veo que Yanela
        también mira,
así que amaso
otra muñeca.

Cuando voy
a dársela,
        ella mira
al otro lado.

LO QUE ESCONDE UN SISEO

Los ojos verdegrises de uno de los guardias
parecen los de una culebra que repta entre la hierba.

No tiene plumas.
No tiene miedo.
No está enjaulado.

Patrulla y mueve
su cuerpo grandulón entre nosotros,
nos cruza y nos rodea.

En círculos.

Observándonos.

Su placa lleva el nombre "J. Stevens"
como una marca peligrosa
en el chaleco.
La funda de su pistola es como un cascabel
que suena a cada paso.

Otra vez nos llama burros,
que quiere decir estúpidos.
Una palabra tan hiriente que Mami nunca
jamás me deja usarla.

No giman, burros, los salvamos del desierto.

Lo dice en un perfecto
español,
del tipo que
te hace querer
          confiar
porque es el español
de las canciones de Mami
y las historias de Papi.

No puedo mirar
esos ojos vidriosos
y el siseo que esconden
en cada orden
que da.

BAÑO ABIERTO

Medio muro de concreto cubre una esquina de la jaula.
A cada rato veo gente que entra y sale de allí.

Un escusado descarga y deja un olor amargo
que indica que alguien acaba de ir.

Mami me dice: *Puedes ir*.
Ha ido dos veces en la noche
porque el huevo le presiona la vejiga.

No quiero que todos
me escuchen
o me huelan,
así que aguanto
tanto el número uno como el dos
hasta que la panza me duele
y lloro cuando Mami
me arrastra por toda
la celda hasta el baño de la esquina,
tan avergonzada
que escondo la cara
bajo el brazo.

LA BASURA CERCANA

al escusado se ha apilado mucho y
        se desborda
con tiras de papel sanitario
usado de todo el que ha ido.

El mal olor me golpea la nariz.

Mami empuja
la pila de papel
        dentro del cesto
        con el pie
y se envuelve las manos
con papel
para recoger
las otras tiras de papel sanitario
del piso.

        Te ayudaré, le digo
cubriéndome una mano
y tapándome la nariz
con la punta
de los dedos
de la otra.

Veo que algunas de las manchas
que sobresalen
son rojas.

¿Qué es eso, Mami?
Eso es sangre de mujeres
y chicas con la regla.

Recuerdo lo que
Mami me contó sobre los ciclos
que un día
también me tocarán.

Las pobres, parece que han estado
usando papel sanitario para sus necesidades.

Intentamos lavarnos las manos,
pero de la llave solo salen
grandes gotas de agua.

UNA HORA AL DÍA EN LA LUZ

Rayos reales, sol y cielo
manchado de nubes
son un alivio del
gélido frío.

Le tomo la mano a Mami
y susurro:
      Mami, salgamos volando,
pero ella me mira
con los ojitos más tristes.
No podemos, Betita, recuerda
que nos cortaron las alas.

En la luz, no puedo creer lo enorme
que es el monstruo blanco y helado por fuera.
Me fijo en todas las cercas,
los guardias en los bordes
con las pistolas listas en los cintos,
¿para evitar que escapemos?

Caminemos, mi'ja, caliéntate tanto como puedas.
Pasamos junto a un grupo de niños
que restriegan piedras contra la tierra
como si fueran tizas,
y tengo ganas de
dibujar algo,
escribir algo,
algo grande,

un S.O.S.
un poema visual;
tal vez alguien lo vea
y nos saque
de aquí.
¿Tal vez?

Pero no quiero apartarme de Mami por un segundo.

Mami canta mientras caminamos
y yo la acompaño con la voz más finita.
Andamos de prisa, tan de prisa
que el sudor se nos acumula en la frente
hasta la hora de regresar adentro.

¿Mami, cuánto tiempo más estaremos aquí?

El *No lo sé* de Mami parece
una nube de lluvia que le cubre la cara.

SONIDOS DE TRISTEZA

Cada día y cada noche
hacemos diferentes sonidos de tristeza;
un coro de grullas que
        suspira, gime,
        lloriquea, suavemente,
        sofocádamente, produciendo un eco alto.
Un silbido. ¿Puede esto ser algo triste?

Sí, el modo en que silba el aire al entrar
y salir de los pequeños pulmones, un ruidito
seguido de
toses y expectoraciones
        que se hunden
        en la
        más fría
        tristeza.

CASI SOLAS

Nuevas grullas llenan nuestra celda hecha de cerca de malla metálica
y las celdas de los alrededores.

Algunas son muy jovencitas,
pero cuidan, como madres,
de otros niños.

Mami nota que están aquí
sin madres ni padres.
       Casi solas.

Escucho que un guardia las llama
"menores prácticamente sin acompañamiento".

No sé
qué significa eso exactamente,
aparte de que están aquí
      casi solas.
Tienen las alas más pequeñas,
más ocultas,
más lastimadas
que las del resto de nosotros.

Noto que el corazón de maestra de Mami
se llena de bondad hacia ellas.

No sé qué piensa hacer.

CASI SOLAS EN AZTLÁN

Mami se entera de las historias
de las casi solitas por
pedacitos.

Están a cargo de   sus hermanos.
Están buscando a   sus madres.
Están huyendo de   sus padres.
Fueron amenazadas por   pandillas.
Han perdido   el   rumbo.
Necesitan   trabajar para mandar dinero   a su familia.
Familia que está en
Guatemala,   Honduras,   El Salvador   y México,
                                          como la nuestra.

Son grullas cuyos
nombres que parecen canciones trato
de capturar en mi mente...
Roxanne,   Mariee,   Allison,   Claudia,   Johanna.

No confían en nosotras,
así que les cuento de la profecía
en mi mejor español de Papi.

El pueblo mexica vino
de Aztlán: el lugar de las grullas,
el cual creemos que era una isla
en un lago brumoso, aquí en El Norte.
Siete tribus,
incluidos los mexica,

viajaron al sur como grullas
cuando Huitzilopochtli...

¿Quién?

El dios de la guerra
anunció su
profecía de que
se trasladarían al sur
para construir su gran
civilización en el
ombligo del mundo.

¿De veras? ¿Cómo puede ser?

Porque mi papá me lo dijo.
Me dijo que Aztlán es
nuestra patria ancestral
y que todos los migrantes han regresado
a casa.

Pero se alejan
incrédulas
de una niña como yo
que acaban de conocer.

LO QUE APARECE Y SE DESVANECE

En medio de esos largos días fríos
me pregunto qué hace
nuestra bandada: tío Juan, Tina, Diana, Amparo.

Los veo revisando
nuestra cajita de tesoros.
Diana, sosteniendo nuestras fotos
en sus manos suaves.

Luego, Amparo
que juega sola
en nuestra yarda
con un palo
que dejé.

Y Tina, que extraña a su mamá
y publica un tutorial de maquillaje
de quinceañera en su página de Gram
y obtiene muchos *likes*.

Cuando intento imaginar
a Papi, su cara se desvanece

en la niebla.

DUCHA DE PELO AMARILLO

Mami dice que ha pasado una semana
desde que nos devoró
este monstruo.
        ¿Una semana?
Se siente como si hubiera pasado un año.

Hacemos fila para ir a las duchas,
aunque no tenemos
otro cambio de ropa.
Algunas grullas tienen
tanta mugre encima que es difícil saber
el color verdadero de su ropa.

Pero entonces alguien nos entrega
una toalla sucia y
una bolsa de ropa vieja
para que busquemos algo limpio.
Encontramos
        camisetas,
        sudaderas,
        la ropa interior más grande y cuadrada
        y pantalones.
Quieren que tiremos nuestras
cosas viejas a la basura.

Me volteo hacia Mami y niego con la cabeza.
No quiero desprenderme de mi blusa.
Quiero conservar el trocito de funda de Papi.

La guardia de pelo amarillo
se me acerca.
Es una torre cuando miro hacia arriba.
Se pone las manos en las caderas, se
aclara la garganta y
echa chispas:

¡Ahora!

Le doy un pisotón
sin querer al encararla:

> ¡No!
> ¡No quiero que te lleves mi blusa!

Mami me implora:
Betita, por favor. No causes problemas.

La guardia me agarra por el brazo,
me sacude como a una sábana
y comienza a jalarme la blusa.

Mami interviene veloz como el viento.
¡No la toques, no toques a mi niñita!
¡Toco a quien yo quiera!
¡No la toques!

Mami me rescata
con su fuerza de mamá osa.
La guardia va a pegarle a Mami,
pero solo consigue
arañarle el brazo.

Mami me cubre con su cuerpo
y mira a Pelo Amarillo
         justo en la culebra de los ojos.

¡Haz lo que se te ordena, mojada!

Mami no contesta, pero
tampoco se mueve.

A sus espaldas, rápidamente meto la mano
en la blusa y arranco
el prendedor que sujeta el trocito de funda,
y lo escondo entre la ropa nueva
que está en el suelo.

Cuando me levanto, me quito la blusa,
la aferro contra mi pecho desnudo
y le lanzo una mirada de piedra a Pelo Amarillo,
hasta que ella comienza a alejarse y dice:
Así me gusta.

ENFERMA

Todas las mujeres y las niñas tienen que bañarse
en una misma ducha abierta.

Quiero volar lejos.

Sé que Mami está llorando
aunque me da la vuelta
para lavarme el pelo.
Escucho su respiración
entrecortada seguida de
los más leves chillidos.

Tengo que cerrar los ojos,
pero abro la boca
para beber el agua de la ducha porque
no hay bebedero en la celda
y la llave del lavamanos está rota,
de modo que bebemos el agua del tanque del escusado.
Me imagino que está lloviendo
y Amparo y yo
estamos en nuestra yarda,
con la lengua afuera,
recogiendo las gotas de lluvia...

Entonces, de repente, escucho a Mami hacer arcadas.
Me doy vuelta y la veo encorvada,
sujetándose el nido
y vomitando
un líquido asqueroso

por toda la ducha.
Ay, Virgencita, grita.

Pelo Amarillo se acerca
con el garrote en la mano,
agarra a Mami
por el pelo y le jala
la cabeza hacia atrás,
rugiendo: *¿Y ahora qué, mojada?*
Pero Mami continúa
vomitando,
así que Pelo Amarillo la suelta
y se ríe.

Cuando Mami termina de vomitar,
soy su bastón.
La ayudo a enjuagarse
y a caminar
hasta el vestidor.

Miro atrás y veo
a Josefina echando agua
sobre el reguero que hizo Mami.

        ¿Estás bien, Mami? pregunto,
la preocupación y el olor hacen que
también tenga ganas de vomitar.

Necesito acostarme, mi'ja.
Solo necesito acostarme.

LA FORMA DE UN NIDO

Mi regazo forma una almohada
para que Mami apoye la cabeza
mientras se acuesta sobre el helado piso de concreto.
La arropo bien
con nuestras dos cobijas plateadas.

Le acaricio la cabeza en silencio
buscando un poco de dulzura.
Le restriego el trocito de funda contra el cachete.
Quisiera saberme la letra de la canción
del paraíso para poder cantársela.
En vez de eso, la tarareo.

Contemplo su piel marrón de grulla,
más pálida ahora,
y el pelo grueso y ondeado,
todavía húmedo y tan oscuro
que brilla como piedra de mar.

Sigo el contorno de su cuerpo,
la manera en la que el nido hace
que la espalda se le corve en una
        S
y el frente forme una
        O.

Dos meses para que rompa el cascarón.

Quiero preguntarle a Mami si
cree que estaremos libres
para entonces, pero ella duerme ahora.

Justo antes de cerrar los ojos
            veo que la O de su nido
            se vuelve una Q.
      Sé que nuestro polluelo se está moviendo
y de repente
todo se siente mejor.

YO FUI UN HUEVO UNA VEZ

Antes de atravesar volando los desiertos,

antes de aterrizar en el este de Los Ángeles,

antes de que tío Pedro desapareciera,

antes de encontrarnos aquí con la bandada,

antes de saber de los poemas visuales,

antes de que nos atraparan en un monstruo,

yo fui un huevo dentro de Mami,

dentro de México, desperté, maduré y rompí el cascarón

de los corazones anidados

de una Mami cantarina y un Papi soñador,

cuyo hogar de montaña estaba lleno de amor.

FINGIR QUE ESTÁS MEJOR

¿Hay algún doctor que pueda ver?
Mami le pregunta a Josefina.
Ella primero suelta
un gran suspiro, luego dice:
Tienes que mejorarte por ti misma
o tienes que fingir que estás mejor. Pueden quitarte
a tu niña si no estás bien.
Yanela estira el labio inferior
y lo aprieta contra el de arriba para demostrar que está acuerdo.

Escucho esto y siento escalofríos.

> Mamita, por favor, ¿puedes mejorarte pronto?
> No quiero estar lejos de ti.
> Por favor.
> Por favor.
> ¡Por favor!

Mami se levanta con esfuerzo.
La bebé Jakie aplaude feliz
al verla levantarse.

Mami me aprieta los cachetes,
su cariñito de siempre,
y me dice: *Sí, mi amorcito. Lo haré.*

Sin embargo, el pánico
sigue
suelto
en mi cabeza.

TAL VEZ

Me recuesto contra la cerca de malla metálica
y veo a Mami acostarse en el suelo para dormir.

Pienso que tal vez
tío Juan nunca llamó a Fernanda.

Tal vez tenía miedo de llamar.
Tal vez él y Papi estén buscándonos.

Tal vez Fernanda nos abandonó también
y jamás saldremos de este lugar peligroso.

Tal vez no exista tal cosa
como hallar la dulzura en nuestra lucha.

Tal vez no veamos a Papi nunca más.

Tal vez olvidaré la flor de su cara.

UNA COMEZÓN MUY FUERTE

A la mañana siguiente
me levanto antes que los otros.
Me pica tanto la cabeza
que solo quiero
¡R A S C A R M E,
R A S C A R M E,
R A S C A R M E!

¡Ay, no! ¿Piojos?

Mami aún duerme
y no quiero despertarla
para preocuparla más.

Simplemente lo hago.

Entierro las uñas en medio
de la loca comezón que siento en la cabeza
y eso me hace
sentir   mucho mejor por
una fracción de segundo
antes de tener que hacerlo
otra vez
y otra vez.

Veo que Yanela me ve
rascarme, de modo que bajo
la mano de prisa.

Sus ojos no flotan en el espacio.

Me sonríe con timidez
y dulcemente me hace señas
para que me siente a su lado.

Tal vez quiera comprobar
que lo que siento
que tengo es real.

Me alegra mucho que Carlos esté roncando lejos.

PIOJOS DESPEINADOS

Yanela es un ratón silencioso
pero mueve los dedos
por todo mi pelo,
dividiendo y jalando,
dividiendo y jalando
al parecer un
pelo largo a la vez.

Le pregunto:
        ¿Crees que tenga piojos?
Y ella no contesta.

        ¿Cómo sabes que no son los restos de
        jabón de la ducha?
Y ella no contesta.

        ¿Hablas inglés?
Y ella no contesta.
Pero cuando repito la pregunta en español
finalmente responde:
No.

Tengo que reacomodar mi cerebro.
Mi pregunta parece estúpida.
Debí haberlo sabido.
La mayoría de los que están aquí solo hablan español.
Mami y yo somos de las pocas que hablamos ambos idiomas.

Entonces, Yanela rápidamente caza
       y atrapa
       y aplasta
un insecto entre los dedos
produciendo el mismo "pop"
que hizo antes su mamá.

      Yanela, ¿vas a decir algo?
Uso mi español del este de Los Ángeles.
       Y ella no contesta.

Pienso que mejor le hablo yo a *ella*.
Comienzo por contarle
todo sobre nosotros.

      Una vez hace mucho éramos grullas
      en un lugar llamado Aztlán
      donde andábamos libres
      por toda la tierra...

Me doy cuenta de que me escucha
porque hace   una pausa,
pero cuando me doy vuelta
vuelve a dividirme y a jalarme el pelo.

Me despioja en silencio
y yo sigo hablando y hablando,
dándoles vuelta y enredando
todas las historias de Papi
hasta que veo que Mami comienza
a estirarse.

Corro hasta ella y me acuesto a su lado,
y le miro los ojos ligeramente hinchados,
aún enrojecidos de ayer.

Quiero que sea mi cara la que
la haga sentirse mejor.

CULPO A LAS GARRAS

Me siento mejor esta mañana.
Todo me cayó encima de repente,
explica Mami.

No la culpo.
La comida ha sido mala
y lo que esa guardia de pelo amarillo
nos hizo me dejó tan asustada
que agarré piojos.
Bueno, tal vez esto no fue culpa suya,
          pero aun así.

Le reviso el brazo a Mami y veo que tiene
          tres
          rayas
          rojas
que las garras horribles de Pelo Amarillo
le dejaron en la piel.

Mami cree que Pelo Amarillo
es descendiente de grullas, como nosotras,
porque su pelo es decolorado
y su apellido es Pacheco.
          Pero Mami, nos llamó mojadas.
Entonces me rasco la cabeza salvajemente.
Mami suelta un suspiro profundo,
cierra los ojos
y asiente.

TODO SOBRE GRULLAS

Tras el desayuno que Mami y yo nos negamos a comer,
Yanela me hace señas de que me le acerque
con un pequeño movimiento del dedo índice.

Cuéntame otra vez sobre las grullas,
los tocuilcoyotl, susurra
mientras me pone de espaldas
y comienza a separarme el pelo.

Una vez hubo una gran migración
de grullas marrones y blancas
que volaron al sur.
Volaron en busca de la gran ciudad
en el ombligo del universo,
la cual era una isla pequeñita donde vieron
la cosa más asombrosa: un águila
que devoraba una serpiente encima de un nopal.
Construyeron su ciudad alrededor de la islita sagrada
y llenaron de tierra las aguas poco profundas.
Allí bailaron y canturrearon sus canciones,
y cultivaron la tierra y construyeron nidos e
hicieron magia.
Y un día, la migración se invirtió
y las grullas mágicas volaron al norte,
de regreso al lugar de donde vinieron,
a bailar, canturrear sus canciones, cultivar la tierra,
construir nidos y ser mágicas una vez más.

Yanela, si no nos hubieran cortado las alas,
podríamos volar también.

Miro por encima del hombro y veo
que Yanela tiene en los labios
una sonrisita.

INICIACIÓN DE LOS PIOJOS

Cuando Yanela termina,
me hace dos
hermosas y largas trenzas francesas.
¡Pero entonces siento que me las JALAN duro!
Me sorprendo,
y miro hacia atrás
sintiéndome traicionada.
　　　¡Ay!
Veo a Carlos riéndose muy alto
con el pulgar húmedo fuera de la boca.

Yanela lo golpea en el brazo.

¡Oye! Le estoy dando la bienvenida
al club de los piojos. ¡Es su iniciación!

Solo me atrevo a fruncirle la nariz
y a sacarle la lengua.

Acabo de hacer una amiga
y no quiero perderla,
pero podría vivir sin
　　　el mocoso de su hermano.

MAMI REÚNE UNA NUEVA BANDADA

Comienzo a contar los días,
           ya llevamos dos semanas
     aquí encerradas
     con una hora de luz,
           el ruido de las toses de tristeza
     y Pelo Amarillo y Ojos de Culebra
     rodeándonos a cada minuto,
           sin Papi,
           sin tía Raquel,
           sin escuela,
           sin médico,
           sin Fernanda,
           sin Virgencita,
           sin nada para hacer un poema visual
           y sin manera de enviarlo.
Mami y yo
hemos aprendido
cómo fue atrapada
cada grulla
     de nuestra jaula
y ellas lo saben
todo de nosotras, tía Raquel
y Papi.

Mami se ha hecho amiga
de las casi
     solitas,
algunas de las cuales han llorado
en sus brazos

tras conversar
un poquito.

Algunas apenas
tienen dieciocho
y les da miedo
que las traten
          como adultas.
No saben
cómo ser madres
de un día para otro.

De noche
se juntan en silencio
a dormir cerca de Mami.
Creo que se sienten
como yo:
          más seguras
cuando ella está cerca.

VOLAMOS

Yanela y yo salimos
por la puerta
a la hora de ir al patio.

Nos perseguimos una a otra
dentro de este desierto de alambre de púas.
Grito al correr a su lado:

> ¡Yanela, abre los brazos así!
> ¿Sientes como el viento te hace cosquillas?
> ¿Puedes sentir tus plumas?

Su risa es tan grande como el sol.

> ¡Somos grullas, Yanela, somos tocuilcoyotl!
> ¡Vamos volando a casa!

Corremos y corremos,
a veces con los ojos cerrados,
nuestros pies   apenas
tocan el suelo.

ZAPATO DE MUELA RETORCIDA

Hoy, estando afuera,
Carlos se retuerce en
el pavimento junto a Josefina,
quien le frota, frota, frota
el brazo y la espalda
mientras él gime
y gime.

Cuando nos acercamos
a ver si podemos ayudar,
Yanela nos dice
que le duele una muela.
El niño me ve y gruñe,
¡y encima me lanza un zapato!

Josefina dice:
Perdón, es que le duele mucho.

Cuando me alejo,
él comienza a chuparse la boca
hasta que parece un nudo pequeño,
hace muecas y
gruñe tan molesto
que sus quejas se escuchan muy alto.
Entonces, de repente, abre
mucho los ojos
        y escupe sangre.

Josefina alza a Carlos
en brazos, mira a Mami
y enseguida a la bebé Jakie y a Yanela.
Mami comprende y le dice:
Sí, Josefina, descuida, ¡corre!

Yanela corre tras su madre
y la bebé Jakie rompe a llorar muy alto
aunque ahora Mami la carga.

Podemos ver a Josefina en el otro extremo
del patio, pidiendo ayuda a gritos,
y a Yanela de pie junto a ella, suplicando también.

Los guardias abren la puerta y
solo dejan pasar a Josefina y a Carlos,
dejando a Yanela
aferrada a la cerca de malla metálica,
intentando escalarla,
gritando: *¡Mamá, no me dejes!*
¡Mamá, no me dejes otra vez!

Corro hasta allí para hacerle compañía,
pero al llegar a su lado
ella está tan rota
        como el vidrio,
tiene el corazón
        tan destrozado
y
        hecho añicos

que no puedo
    recoger
        los pedazos.

INCREÍBLE PARA DORMIR

Dentro de la celda
los minutos se convierten
en horas desde
la última vez que vimos a
Josefina y a Carlos.

Mami nos abraza a las tres
con su cálido cuerpo de madre
hecho de plumas blandas.
Ahora hay mucho más
de ella para compartir.

Calma el llanto de las niñas,
nos acaricia la cabeza por turnos.
Todo va a estar bien.
A tu hermano lo verá un dentista
y lo van a ayudar.
Tu mamá se asegurará de ello.
Estará de vuelta en un abrir y cerrar de ojos.

A mí me convence,
pero por el
duro silencio
de las hermanas
pienso que no
le creen a Mami.

Yanela mira
a lo lejos,
ausente, distante.

Pero entonces Mami comienza a cantar
la canción acerca de un paraíso
y el polluelo en el huevo
            comienza a patear,
y lo sentimos en la cara
que acurrucamos sobre ella.

De este modo,
alrededor de Mami,
nos sentimos arrulladas
y nos dejamos llevar
por la canción,
y nos dormimos.

EN LA RAÍZ

Cuando me despierto
      Josefina duerme
con todos sus hijos
      acostados
a su alrededor.

Le susurro a Mami para despertarla:
      ¿Qué pasó, Mami?
Mami me contesta con los párpados cerrados:
Lo llevaron a un dentista
fuera del centro de detención.
Ahora está bien. Tenía un absceso
y tuvieron que hacerle un tratamiento de conducto en una muela.

Nunca quiero tener un absceso
ni tener que lanzarle un zapato a alguien
por culpa del dolor,
pienso.

ESCUELA DE GARGANTA

Más tarde ese día
Mami les anuncia algo
a todos los que están en nuestra celda.

Va a hacer
una escuelita.
            ¿Una escuela? ¿Por qué, Mami?
¿Qué otra cosa pueden hacer los niños aquí sino aprender?

Pero no tenemos materiales,
dice una de las chicas, llamada Griselda.

Les prometo que no necesitarán
más que esto acá arriba,
            dice, dándose golpecitos
            en la sien con el dedo,
y esto de aquí,
            se da golpecitos en la garganta.

Mami ha hecho tantas amigas
que nadie dice que no.

CANCIONES DE PAPEL SANITARIO

Dos y dos son cuatro,
cuatro y dos son seis,
seis y dos son ocho,
y ocho, dieciséis.

Mami canta dulcemente y nosotros repetimos,
riendo y enredándonos la lengua con los trabalenguas.

Rápido corren los carros
cargados de azúcar al ferrocarril.

Sus canciones hacen que el tiempo
y el frío desaparezcan
durante un par de horas al día.

La voz se me vuelve áspera,
así que Mami me dice
que baje el volumen o tararee.

Mientras cantamos, Yanela y yo hacemos
más esculturas de papel mojado:
        aves, tortugas, conejitos, osos
        y Bella con su vestido
para sumar a nuestra colección
que reposa sobre bandejas de cartón
manchadas de comida.

A LAS OFICINAS

Cuando terminamos
de cantar la tabla del siete
con la melodía de "Feliz cumpleaños",
el guardia llama a Mami.

Todos nos quedamos quietos.
¿Se habrá metido en problemas
por cambiar nuestro llanto por canciones?

Mami regresa junto a mí
para decirme que tiene una llamada,
pero no puedo ir con ella.
Acerca el pulgar
y el índice,
dejando un pequeño espacio
en el medio,
lo cual es una expresión mexicana que significa
          espera, solo un poquito.

Me pregunto quién llama
mientras veo a Mami bamboleándose
a través de la puerta y
por el laberinto
de cercas hasta las oficinas.

Me siento junto a la familia de Yanela,
sintiéndome de pronto
muy sola.

QUIÉN LLAMA

¡El corazón me da un brinco
entre las costillas cuando veo que Mami
regresa finalmente!

Niega con la cabeza
lentamente, su cara
es una ciruela preocupada.

      ¿Era Papi?
      ¿Qué dijo?
No, Betita. Era la abogada, Fernanda.
      ¿Cuándo nos sacará de aquí, Mami?
      Quiero irme a casa.
      De vuelta a nuestra casa en el este de Los Ángeles.
No podemos regresar, corazón,
vaciaron nuestra casa.
Diana tuvo que empacarlo todo
porque debíamos la renta.
Vendió los muebles
pero logró salvar nuestras cosas importantes,
fotos y recuerdos, tu peluche favorito.
Ahora las tienen Tina y tío Juan.
      ¿Guardaron mis poemas de grulla?
No lo sé, mi'ja.
Mami me pasa las manos por las pestañas
tratando de hacer desaparecer mis casi lágrimas.

Fernanda dice que siente
que le tomara un mes encontrarnos.
Llamó a todos los centros de detención,
pero como nos trasladaron
desde Tijuana, donde nos detuvieron,
le fue realmente difícil hallarnos.

¿Qué es lo que va a hacer?

Seguir adelante con nuestro caso de asilo político;
pero demorará que nos den fecha para el juicio.
Y tendremos que estar aquí hasta ese entonces.
Tampoco está segura de que nos permitan quedarnos.
Puede que nos deporten como temen muchos de nuestros amigos aquí.

¿Y qué hay de Papi?

¿Sabe que estamos aquí?

Aún no porque ella nos encontró hoy;
pero antes habló con él y le dijo
que estaba haciendo todo lo posible para encontrarnos.

Mami, susurro, ¿le dijiste

que aquí nos lastiman?

No pude, Betita, estaban escuchando.
Pero ella vendrá a vernos en un par de días
y te traerá crayones y papel.
Quiere que vuelvas a dibujar tus poemas visuales
porque los necesita como testimonio.

¿Como qué?

Tu propio cuento de lo que ha ocurrido.

Siento un cosquilleo en las alas
por primera vez
desde que llegamos aquí,
un cosquilleo como el que sentía
cuando estaba a punto
de volar hasta el cielo.

AZUL PALANCA

Si pudiera dibujar un poema de grulla ahora
       nos pintaría azules,
            temblando de frío en esta celda,
                 y a Fernanda con una palanca
                     tumbando a los guardias,
                         rompiendo el cerrojo
                             que nos tiene encerradas.

Escribiría:

        Súper Fernanda viene
           a intentar
           hacer palanca
           para sacarnos a todos.
           Betita, un día de marzo

BANDA DE AXILA

Le enseño a Yanela a hacer
ruido de pedos con la axila,
como me enseñó Amparo.

¡Prrrrrt! ¡Prrrrrt!

Carlos nos ve practicando,
pero es la bebé Jakie la que suelta la primera carcajada,
de modo que seguimos
       como una banda de músicos
       intentando hacer música.
¡Mientras más hacemos pedos de axila,
más se ríe la bebé,
y en breve
su risotada contagiosa
       hace que todo el mundo
           sonría y luego suelte
              una risita y
              una carcajada
              propia
           que se esparce como
                   un incendio
           de alegría incontrolable
       de todas
las grullas enjauladas!

Nuestra risa es un aplauso
contra el cual
los guardias
no pueden hacer nada.

LA SOÑADORA

Ese día más tarde,
un estruendo de palabrotas
atraviesa el edificio
en oleadas que parecen puñetazos.
        Todos miramos y vemos
a dos guardias empujando
            a una joven   muy molesta
con las manos atadas a la espalda.
        El pelo le ondea
                como hierba silvestre que bate el viento.

¡No me empujen, basuras!
¡Conozco mis derechos!
¡Son pura mugre! ¿Me escucharon?
¡El gobierno les paga para ser mugre!

¡Pero entonces los guardias
                la   empujan   más fuerte!
Tan   fuerte
que cae
de
rodillas.

¡Cállate, perra! ¡Saluda a la hielera!

Pero esto la enoja más,
y grita furiosa al aire
como un guerrero a punto de atacar.

¡Ustedes son los animales, mírense bien!
¡Malditos sean, animales sin corazón!

La ponen de pie, abren la
puerta de nuestra celda y la empujan dentro.
Cuando le quitan las cintas de plástico,
ella embiste contra uno de los guardias.

El guardia le incrusta un puño en la nariz,
y ella cae de espaldas como una muñeca de trapo.
Entonces el otro guardia se le acerca
mientras ella yace en el suelo,
      y la patea
          y la patea
      y la patea
en el estómago
         y en la cara
     hasta que ella se queda   quieta,
llorando
y
respirando
su dolor
pesado
y constante.

Anáhuac

CASTIGADA ESTÁ

la grulla rota
con plumas heridas que
los guardias dejan.

MARISEL

Se limpia la sangre de la nariz con
la camiseta gris que dice "#¡AbolirICE!",
y golpea el piso de concreto
con la mano abierta.
¡Malditos!

Es un tornado enfurecido.

El miedo me paraliza,
pero veo que Mami se le acerca.

Tómate tu tiempo, chiquita, dice Mami dulcemente,
la ayuda a sentarse y luego
le da un trozo de papel sanitario que tiene en el bolsillo.
La chica se queda mirando a Mami por un segundo
y luego contempla su panza enorme,
y de algún modo su enojo se aplaca
con un gran suspiro.

¿Cómo te llamas?
        Marisel.
Yo soy Gabriela y esa niña
de ahí es Betita, mi hija.
Marisel me mira
pestañear lagrimosamente
y encoge los hombros
como diciendo: *¿A quién le importa?*

Solo quiero asegurarme de que estés bien.
        Gra... gra... , Marisel tartamudea al principio,

pero después lo dice lentamente,
    Gracias.
    Creo que estaré bien
    cuando deje de sangrar.
Entonces Mami viene a buscar su cobija plateada
y se la lleva.
Tápate con esto.
Marisel alza la vista hacia Mami
y otra vez dice:
    Gracias.

Cuando Mami regresa junto a mí,
un guardia golpea la cerca de malla metálica
con el garrote
y mira fijamente a Mami
como diciendo: *Te estoy vigilando.*

¿POR QUÉ, MAMI?

¿Por qué hiciste eso, Mami?
Cruzo los brazos,
molesta.
El resto de la celda se ha quedado de piedra,
todos están paralizados por lo que acaba de ocurrir.

Mami me alza las cejas muy calmada.
Hago lo que puedo por quien necesita ayuda.
Yo lo haría por ti.
            Pero ni siquiera la conoces.

Beeetiiitaaa, me dice, alargando las vocales de mi nombre
mientras me descruza los brazos,
¿desde cuándo dejamos de hacer
lo que el corazón nos dice que es correcto?
            ¿Y si los guardias hubieran regresado por ti?
Pero no lo hicieron y esa chica
realmente necesitaba ayuda.
Sostiene mis blandas muñecas
entre sus manos protectoras y asiente
con la esperanza de que esté de acuerdo.

Abrazo a Mami y reposo la cabeza
en la parte superior del nido,
sintiéndome muy egoísta
y equivocada
por olvidar
lo que una bandada
hace por sus miembros.

ESA NOCHE

Trato de dormir entre
      Mami y Yanela.
Tal vez sea el aire sin luz
o la respiración de Mami dormida,
o lo que me dijo
del corazón,
pero me animo a
preguntarle a Yanela qué le ocurrió
cuando la separaron
de su madre.

No quieres saber.
      ¡Sí quiero!
Es demasiado terrible para contarlo.
      Aun así quiero saberlo.
      Si tú quieres contarlo.

Yanela se queda mirando el techo,
se golpea ligeramente el pecho con los dedos.
Comienza a hablar despacio.

Te lo contaré porque
ahora eres mi amiga, Betita.
Porque somos grullas.
Prométeme que nunca le dirás una palabra de esto
a otro ser vivo. A nadie.
      Lo prometo. Changuitos que sí.
Cruzo dos dedos a modo de juramento.
Ella se pone de costado y me susurra al oído:

Nos llevaron a un lugar que lucía
como un hospital, pero no lo era, con otro montón de niños.
Bebés también. No había uno solo de nosotros
que no llorara por nuestros padres al principio.
Traté de mantener al menos a Jakie conmigo porque
era niña, pero no me dejaron.
La llevaron con los bebés. Yo me quedé con las niñas más grandes.
Carlos con los niños. Nos gritaban
que hiciéramos esto o aquello, reglas, como aquí. Nos ponían inyecciones.
¡Directamente en el brazo! Muchas, aunque ya nos las
hubieran puesto en El Salvador. El brazo se me hinchó
como un globo y me dio fiebre, pero eso no fue lo peor.

       ¿Te golpeaban?

A mí no, pero a veces golpeaban a los niños
que trataban de escapar por las puertas o lloraban muy alto.
Les gritaban: "¡Cállense, cállense!".
Pero eso no era lo peor.

       ¿En serio?

Yanela hace una pausa tan larga
que me parece que se ha quedado dormida.

Había un hombre que cocinaba la comida,
que me encerraba en el clóset con él.
Me hizo cosas.
Me decía que debían gustarme,
pero no era así. Me hacía tanto daño que vomité.

       ¿En el clóset?

Anjá. Encima de él. Entonces paró.
Así que empecé a vomitar
cada vez que me atrapaba.

       ¿Le dijiste a la gente de ahí?

Dijo que si le decía a alguien, él se encargaría
de que nunca volviera a ver a mi mamá.

Por eso no les dije a los adultos,
pero les dije a todos los niños que corrieran
cuando él se les acercara.

  Pobrecita,
comienzo a decir, pero la pena que siento
por ella se enreda dentro
de mi laringe con las lágrimas más grandes.
  Lo sieento ta anto Ya nela.
Shhh, Betita, prometiste que no dirías nada.
Me cubre la boca con la mano.
Se la aparto y le doy un apretoncito,
y asiento y dejo que rueden las lágrimas
por Yanela, pero también al imaginar
qué pasaría si alguna vez
me apartan de Mami.

Esa noche
hay más toses de lo normal,
más gritos,
más suspiros,
nuestro miedo
es un oso
que ruge en la oscuridad.

LA GRULLA MÁS SALVAJE

Me despierto porque alguien habla muy alto.
Cuando miro, veo que es Marisel
y me tapo la cara con la mano.

Lo que digo es que, ¿por qué no suben
la calefacción? Porque esto es una forma
de tortura, por eso. Igual que la paliza
que me dieron, eso también es un tipo de tortura.
Y apartar a los niños de sus
padres, maldición, esa es la peor
forma de tortura. Está cañón.
Verán, ellos no quieren que esto sea agradable
como un campamento de verano o algo así.
Quieren que sea lo más cruel posible
para que queramos abandonar el país.

Lo dice en un tono cantarín,
moviendo manos y brazos
como si fuera una rapera, y les
habla a una jovencita y su hermana
que llegaron hace unos días.

Pero lo que ellos no quieren admitir
es que nuestra gente ha estado aquí
desde antes de que hubieran fronteras.
Somos nativos de esta tierra
y son ellos, ELLOS, los inmigrantes ilegales
que vinieron a este continente sin
que los invitaran y lo colonizaron.

Y aquí estamos, teniendo que esperar
en esta maldita jaula helada,
soportando todos sus maltratos
solo para que nos den permiso
para vivir en este condenado país.

Ahora toda la celda está despierta
escuchándola decir cosas
que yo no sabía.
Cuando la jovencita le pregunta
de dónde es ella, comienza a hablar más rápido.

Técnicamente, de México, pero en realidad
pasé la mayor parte de mi vida en el sureste de Los Ángeles,
igual que mis padres y todos mis amigos.
Pero, como dije, estas son las Américas
y soy nativa de este lugar, igual que ustedes.

Algo en la forma en que ella dice
lo que dice nos atrae a Yanela y a mí
y nos sentamos a escuchar a Marisel, que sigue
haciendo girar sus palabras en nuestros oídos.

Mira, soy una dreamer y tuve que hacer de
todo para conseguir la DACA, ya saben,
la Acción Diferida para los Llegados en la Infancia,
que se suponía que me protegiera,
pero no los detuvo a la hora de meterme
aquí. Yo estaba en una manifestación en la frontera
e hice un discurso sobre el abuso
de ICE con la comunidad inmigrante.
Hicimos una cadena humana

para construir un puente desde
México hasta aquí, pero como
estaba del lado mexicano
de la frontera dijeron que
había violado mi DACA al cruzar
y me arrojaron aquí.
Ahora están tratando de deportarme.
No hice nada más que decir la verdad. Maldición, si tuviera
mi teléfono estaría publicando sobre esto ahora
mismo para mis 10.000 seguidores. Se convertiría en algo viral.

Intento comprender a Marisel.
Habla alto con su rap cantarín a pesar de los moretones
en los ojos y el labio hinchado, cómo es posible
que tenga más seguidores que Tina, y las cosas
que sabe sobre nuestra historia,
es un poco como Papi, pero más enojada,
y nos enseña como Mami, pero más salvaje.

Nunca antes conocí a una grulla
como ella.

NO ME MOLESTA COMPARTIR

El día siguiente se demora.
Fernanda debería llegar pronto.
Las horas   se reclinan   contra
un   largo   suspiro   de espera.

Tenemos tantas ganas de ver a Fernanda
como de tomarnos un trago de agua pura,
agua sin cloro,
ni de la ducha ni del tanque del escusado.

¡Nos enteramos por Marisel
de que Fernanda es también su abogada!
Mami dice que es una
gran coincidencia.

Marisel le pide a Mami que por favor
le diga a Fernanda que está también aquí
porque nos imaginamos que no lo sepa.

Ya no me molesta ayudar a Marisel
porque ella me recuerda
una estrella musical, con mucho fuego.
Aquí todo *está realmente "cañón"*.

Mi cabeza baila y se mece
con cada palabra de Marisel,
que suelta verdades
tan verdaderas   que puedo sentir
cómo me vuelven a crecer las alas
en tiempo real.

LA PORTERA

Cuando Fernanda finalmente llega,
Pelo Amarillo llama a Mami
tres veces desde la puerta,
con una voz que suena
como llantas que chillan:
        Gabriela   Quintero,
              Gabriela   Quintero,
                    Gabriela   Quintero.
Salimos corriendo hacia la puerta.
Mami me agarra firmemente la mano
mientras avanzamos, pero
Pelo Amarillo me detiene
con su garrote.
        La niña no. No la llamé a ella.
Pero vamos a ver a la misma abogada.
        No me importa.
Si no me deja llevarla,
se lo voy a decir a mi abogada cuando la vea
y usted va a tener que dejarla pasar de todos modos.
Haciendo una mueca de lado, Pelo Amarillo alza
el garrote de hielo y
me deja
pasar.

FERNANDA

Cuando entramos
al cuarto donde Fernanda
nos espera, veo que ella no tiene una palanca.
Hay solo una mesita
entre nosotras y un bultito
de papeles y carpetas.

Ella luce una sonrisa que me hace
sentir feliz al principio, pero que hace que Mami
rompa en llanto, lo cual entonces *me* hace
esconder la cara en el costado de Mami y llorar también.

Fernanda no dice nada, pero
pone su mano sobre la mía
con expresión de *lo siento tanto*.
            Siento que comprende.

Luego de darnos un momento
para recuperarnos,
ella comienza a explicar
y yo hago todo lo posible por seguirla.

La entrada sin permiso a Estados Unidos
es un delito menor. El tipo de infracción más leve
en EE.UU. El gobierno en el poder ha creado
leyes más estrictas ahora y está penando estos delitos menores
con detención indefinida hasta que los casos se decidan.
Por otro lado, se puede salir de aquí bajo una fianza
de veinte mil dólares.

Mami abre mucho los ojos y estos se le vuelven a llenar
de lágrimas que ella se limpia
con el dorso de la mano.
Sí, comprendo.
　　　　¡Pero no tenemos veinte mil!
digo, intentando no ser quejica.
Fernanda no titubea:
Lo sé, Betita. La mayoría de los inmigrantes que buscan asilo no los tienen.
La única buena noticia es que tengo fecha para el juicio,
dentro de un mes, antes de que nazca el bebé.
Les pedí que lo adelantaran debido a circunstancias excepcionales.
No queremos que el bebé nazca en el centro de detención.
No tienen el personal necesario
ni la instalación para efectuar un parto seguro.

No había pensado en todo eso
y de pronto siento que soy una mala hija.
He estado pensando en que tía Raquel,
Mami y yo saliéramos de aquí,
en ver a Papi otra vez,
　　　　en volar.
Nunca pensé en lo que le ocurriría
a Mami si el huevo rompe el cascarón aquí.
Ahora pienso
en qué me ocurriría a *mí*
si rompe el cascarón.

¿Has hablado con Beto? pregunta Mami de repente.

Sí, quiere hablar con ustedes,
pero el centro solo permite llamadas de abogados.
Dice que las quiere mucho y que

solicitar asilo es lo correcto,
que por favor lo sigan intentando.

Un dulce calorcito me llena
la cabeza.
Extraño mucho a Papi.

Betita, te traje un cuaderno y crayones.
Tu mamá hizo muy buen trabajo reuniendo
para mí todos esos documentos, pero
necesitamos algunos tuyos.
Vi tu galería de dibujos colgando
en la cocina cuando las visité en tu casa.
Creo que podrías contarnos un poco sobre
lo que les ha pasado, para mostrárselo al juez.

Le entrega los crayones y el cuaderno al guardia
de pie junto a ella, y este los toma y se aparta
para inspeccionarlos.
        Pero esos dibujos los hice para Papi.
        No para un juez.
Se los puedo enviar a México
después de hacerles una copia.
        Fernanda, ¿qué día es hoy?
Cinco de marzo. ¿Por qué preguntas, Betita?
        Mis poemas visuales necesitan saberlo.

Entonces Mami susurra:
Fernanda, esto aquí es una pesadilla.
Nos tratan peor que a los animales.
Dormimos sobre el piso de concreto,
veinte o treinta en una jaula,

hace tanto frío que los niños se enferman,
tienen los labios y las manos azules,
tienen piojos y ronchas,
algunos hablan a duras penas,
algunos ni siquiera quieren jugar.
Ayer golpearon a una chica aquí,
una que dice que es clienta tuya también.
Marisel Domíng...
>   *¿Marisel Domínguez? ¿La dreamer?*
Sí, la arrestaron hace un par de días
y la trajeron a este lugar. Nos pidió que te dijéramos
que ella está aquí.
>   *¿Está bien?*
Tiene moretones en los ojos
y el labio un poco hinchado,
pero sigue teniendo mucha energía.
>   *Gracias. Voy a solicitar poder verla.*
>   *Marisel es una de nuestras líderes más importantes.*

Sabía que ella tenía un algo.
Lo sabía.

Antes de dejar a Fernanda,
ella nos dice que les hablará
de nuestras condiciones a sus colegas.
Con suerte hallarán la manera de demandarlos,
ya que esta es una prisión privada
y no del gobierno, y nuestras quejas
no son las únicas,
pero que hasta entonces, lo siente mucho.

Esto es
todo
lo que puede hacer.

CAER EN CUENTA

Luego de ver a Fernanda,
Marisel está muy callada.

No habla de lo
cañón que está todo
ni trata de saber
cómo llegamos todos hasta aquí.
Nos mira
con ojos extinguidos,
como los que le he visto antes
a Mami.

Quizás está entendiendo
al fin
      cuánto le han cortado
      las alas.

MIS PROPIOS

Enrosco los dedos alrededor
de mis propios crayones,
respiro hondo para sentir
su olor dulce y salado,
siento un hormigueo
al sostener mi nuevo
cuaderno de doscientas páginas
que puedo llenar con
mis propias palabras.

Aunque pueda sonar raro
estoy ansiosa por volver a *escribir*.
Sí, escribir mis palabras favoritas
que zumban y retumban,
gruñen, se enfurruñan,
   se arremolinan y ruedan
en mi cabeza.

Pero entonces veo que Carlos está cerca.
Siento que quiere quitármelos.
Lo miro con los ojos entrecerrados
y me siento sobre *mis* materiales
que NO voy a compartir.

¡*HASHTAG* REVOLUCIÓN!

Al día siguiente, Marisel
se despierta hablando sin parar
de cómo conseguirá
salir de aquí.

Marisel le dio
permiso a Fernanda
para que publique por ella
en las redes sociales.
Fernanda va a hacer que
Erika, la novia de Marisel,
tome cartas en el asunto.
Marisel dice que Erika
tiene 12.000 seguidores
solamente en su página de Gram.
Han comenzado
una campaña de *hashtag*
para llamar la atención
sobre el hecho de que estén
enjaulando grullas.

Digo:
        ¡Mi prima Tina también tiene mil seguidores!
Pero Marisel se encoge de hombros
y continúa hablando.
Lanza al aire algunas
ideas para que las oigamos:
#LiberenAMarisel
#SoyUnaDreamerDetenida

#LosInmigrantesSostienenAlMundo
#ElAsiloEsLegal
#ParenLaDetenciónDeInmigrantes
#NingúnHumanoEsIlegal

Le ofrezco:
        #LiberenALasGrullas
pero Marisel me mira
torciendo las cejas
y bate el aire
frente a ella con
la mano, borrando mi *hashtag.*
¡Necesitamos hacer
una revolución para nosotros, Betita,
no para unas aves!

Supongo que solamente
Mami y Yanela
creen de verdad.

POR DENTRO

Demasiados días han pasado y he perdido la cuenta.
En mis pulmones se asienta una tos húmeda y áspera
que ladra cada vez
que intento hablar.

Mami reposa ahora más seguido
cuando no está cantando
y enseñándonos.
Le está costando trabajo
no vomitar lo que come
las pocas veces que lo hace.
A veces escojo
lo mejor de mi comida
para ver si esto la ayuda
a mantener algo en el estómago,
pero nada funciona.

Me está costando trabajo recordar el sonido de la voz de Beto,
dice. *Tal vez sean mis nervios.*

Siento que me desgarro por dentro.
        No, Mami, él está aquí. Aquí mismo.
Saco el trocito de funda de Papi
y se lo acerco a la nariz,
pero ahora solo huele
a mí.

Me siento cerca
de mi mami
y continúo garabateando en el papel
cuánto dolor llevo en el corazón.

DENTRO DE MIS ALAS:

Le he puesto un nombre a mi cuaderno.
Lo escribí en la
cubierta: "Alas".

Hojeo a Alas para ver lo que he hecho.

Dibujé a Papi como si fuera una grulla volando.

Eres el sonido
de trompetas de grulla que
le cantan su amor al cielo.
Betita, 5 de marzo

Dibujé cómo luce el monstruo por afuera.

Fuimos devoradas
por un monstruo
tan frío que
nos congela la esperanza.
Betita, 7 de marzo

Dibujé un laberinto de jaulas y grullas llorando.

Frente a la nuestra hay otra jaula
con más grullas y sus niños
y casi solitas que no pueden volar.
Betita, 8 de marzo

Dibujé a Papi con su casco de constructor y lágrimas
en los cachetes.

Papi, sé que nos extrañas como nosotras a ti.
Betita, 9 de marzo

Dibujé a Mami embarazada acostada en el piso junto a la
cerca de malla metálica.

> Mami y el huevo se enroscan en una O
> cuando ella se siente mal.
> A veces las pataditas del huevo
> no la convierten en una Q.
> Betita, 10 de marzo

Dibujé la comida que esperan que nos comamos.

> En el desayuno nos dan burritos negros mohosos,
> a veces no nos dan nada en el almuerzo
> y nos dan un pan mohoso y congelado en la cena.
> Betita, 11 de marzo

Nos dibujó a Yanela, Carlos, Jakie y a mí, con los bordes
movidos, como si estuviéramos vibrando.

> Los piojos saltan en nuestras cabezas.
> ¡La picazón nos vuelve LOCOS!
> Betita, 12 de marzo

Dibujé a una niña atrapada en un clóset, llorando.

> A veces la gente grande nos lastima
> y solo podemos llorar, contarles a otros niños
> o vomitar.
> Betita, 13 de marzo

Dibujé a un niño aguantándose la boca y un zapato.

> Un absceso en una muela
> te hace
> lanzar un zapato.
> El dentista está demasiado lejos.
> Betita, 14 de marzo

Dibujé a Marisel después de que la golpearan.

> Cuando cantas
> la verdad,
> ni siquiera una paliza
> te hará callar.
> Betita, 15 de marzo

Dibujé una nueva familia.

> Hoy conocimos a una niña que está asustada
> al igual que su mamá.
> Es de una isla
> donde hablan creole y un poco de español.
> Se llama Ellie, y tiene nueve años como yo.
> Betita, 16 de marzo

Cuando Papi los reciba,
me imagino que los colgará
de un tendedero en el campo
de agave donde él trabaja.

SIN ESPERANZA

"Desesperanza" es una palabra que aprendí hoy de Marisel.
No podemos desesperanzarnos, dice cuando Fernanda nos informa
que la fecha del juicio se pospuso
porque no hay jueces suficientes
para todos los casos de inmigración.
Además, la campaña de *hashtag*
no ha causado ningún impacto.

La desesperanza es no tener esperanzas, sentirse perdido.

Siento que la desesperanza me corre por las venas
como un veneno que comienza a hacer efecto.

Me pregunto si
somos grullas siquiera.

¡HUELGA!

>   *¡Tenemos que hacer una huelga! Estas condiciones*
>   *y la espera son criminales,*
dice Marisel caminando de un lado a otro,
dando pasos aquí y allá.

>   *Si no tenemos a nadie que proteste allá afuera*
>   *podemos protestar nosotras aquí adentro.*
Mami le pregunta: *¿Qué tipo de huelga?*
Marisel se detiene y mira
a Mami seriamente.

>   *Una huelga de hambre.*
Algunas de las madres de nuestra celda
se quedan sin aliento, algunas niegan con la cabeza,
pero casi todas comienzan a asentir,
de acuerdo. También lo hacen todas las solitas.

>   *Las que quieran y puedan, deberían hacerlo.*
>   *Podemos hacer una huelga de relevo, un grupo*
>   *por semana, de modo que nadie tenga que sufrir por mucho tiempo.*
Mami alza la mano.
Yo comenzaré.

>   *No, Gabriela, tú no. Tú tienes un bebé.*
De todos modos casi no como.

>   *De ninguna manera. ¿Quién más se ofrece?*
Escucha, será más significativo a causa del bebé.

Marisel se muerde el labio inferior, pero está de acuerdo.

Una mujer embarazada
en huelga de hambre puede
causar una gran impresión.
      ¡Mami! Tú no. ¿Y si te pasa algo?
Amorcito, solo la haré por unos días
para comenzar, luego las otras se unirán.

Enseguida el corazón se me quiere
salir del pecho.

Tengo tanto miedo
de lo que la huelga
pueda provocar.

DEMANDAS

Marisel se vuelve hacia mí.
Necesitamos una lista de demandas.
Betita, por favor, danos un par de hojas
de tu cuaderno
para poder escribirlas.

Aprieto el cuaderno contra mi pecho
cuando la veo acercarse,
pero Mami me aparta las manos
con delicadeza,
arranca unas cuantas páginas
y le da a Marisel
mi crayón negro.

Escriben:

Somos treinta y cinco madres, guardianas y niños que hemos decidido dejar de comer en protesta por las actuales condiciones inhumanas de los detenidos. Exigimos que nuestros derechos humanos, como los define la Declaración Universal de los Derechos Humanos, sean respetados. Por tanto, exigimos que mejoren las condiciones de vida de todos los detenidos de acuerdo con esto. Exigimos lo siguiente:

- Acceso a representación legal
- No separación de nuestros hijos bajo ninguna circunstancia
- Que los hijos ya separados sean devueltos a sus padres

- Temperaturas moderadas dentro del centro de detención
- Catres o colchones y cobijas de verdad
- Comidas calientes y bien cocinadas
- Acceso a agua limpia
- Atención médica y medicamentos en el centro de detención
- Materiales escolares e instrucción para nuestros hijos
- Más tiempo de recreo o acceso al exterior
- Tratamiento respetuoso por parte de todo el personal

Continuaremos la huelga de hambre hasta que nuestras demandas sean satisfechas.

Mami rasga un poco
las hojas del cuaderno
con la lista de demandas
y las pone en la cerca,
entrelazándolas en la malla metálica.

Eso me da una idea:
hacer lo mismo
pero con papel sanitario,
como los lazos en la cerca
en la fiesta de quince de Tina.
Escribo:
        HUELGA
en letras cuadradas
tan altas como yo.

Es la palabra más fuerte
que he escrito jamás.

CÓMO SE RIERON

Cuando los guardias de por el día
ven nuestras demandas,
se ríen como hienas.

Al final del desayuno,
el bote de basura está lleno
de horrible comida podrida sin tocar,
y los guardias se ríen aún más.

Más tarde los guardias nocturnos
las ven, y también aúllan como hienas
al notar el bote de basura lleno de
más horrible comida podrida sin tocar.

Golpean nuestra jaula
y dicen que somos unas estúpidas
por lastimarnos a nosotras mismas.

Gente, no los escuchen,
no nos pueden desanimar,
dice Marisel, y los aleja
haciendo un gesto
con la mano.

¿POR CUÁNTO TIEMPO?

Al final de la primera noche
puedo escuchar como el estómago le ruge
a Mami, pero ella se ve tranquila
y orgullosa.

      ¿Por cuánto tiempo dejarás de comer, Mami?
Solo por unos días, hasta que se den cuenta.
Nos están haciendo más daño
del que jamás podríamos hacernos a nosotras mismas.

Le toco la panza para ver
si el huevo responde,
y lo hace tal como esperaba,
así que me preocupo un poco menos.

UN HAMBRE DIFERENTE

Dibujo una fila de grullas con la boca abierta de par en par.

Las grullas tienen hambre
de que las traten
con bondad.
Betita, 19 de marzo

AL TERCER DÍA

sin comer, Mami mueve
las manos lentamente intentando
cazar los piojos en mi pelo.

Se acuesta.
Se ve débil.
No enseña.

      Mami, ¿te sientes bien?
le pregunto por centésima vez.
Hoy me siento un poco cansada, mi'ja.
Me acaricia la cabeza y le pasa la mano
al huevo al mismo tiempo,
y de pronto suelta un ligero *ay.*

Pelo Amarillo se acerca
al escucharnos
y se burla:
      ¿Estás cansada, estúpida? Bueno, si
      sigues así, te meteremos
      en el hueco por poner en riesgo la vida de un niño.
      ¿Qué tipo de madre hace
      huelga de hambre estando embarazada?
Antes de que Mami pueda responderle,
Marisel se acerca a Pelo Amarillo,
aferra los dedos a la cerca
y escupe:
¿Qué tipo de tratamiento
es el que nos están dando a nosotras?

Mira a tu alrededor. ¿Crees que esto sea justo?
¿Crees que esto es humano?
> *¡Tienen lo que se merecen!*
> *Gente ignorante, ustedes mismas se han metido*
> *aquí por violar las leyes de mi país.*
¿Piensas que merecemos estar en un campo de concentración
por buscar asilo? NO tienes idea de las cosas
de las que nosotras estamos huyendo. La mayoría
no tenía otra opción que intentar buscar una vida mejor.
> *Es simple, si violas la ley*
> *tienes que pagar las consecuencias.*
¿Qué especie de demonio eres? ¡TÚ
eres la que está violando la ley!
¡Este castigo es inusual y cruel!
¡Marisel le ruge a Pelo Amarillo y golpea
y golpea la cerca!
¡TÚ estás violando la ley!
¡USTEDES están violando la ley!
grita una y otra vez
haciendo repiquetear y repiquetear la jaula.

De repente, Mami se pone de
pie y corre por la celda
en dirección al baño,
pero a medio camino
se detiene.
> Un chorro
> de sangre
> > le corre
por entre las piernas.
> *¡No puede ser!*

Mami no puede creer lo que ve.

     ¡¡Mami!! Salgo corriendo.

Ella tiembla sujetándose
la parte baja
del nido. Ni tan siquiera me toca.

     ¡Ayuda, por favor! grito. ¡Por favor!

Mami se vuelve hacia Pelo Amarillo
y suplica con una cara
tan llena de dolor que no necesita
decir palabras.

Pelo Amarillo grita:
¡Código Rojo! ¡Código Rojo!
a los otros guardias de servicio.
Marisel y Josefina corren
junto a Mami para ayudarla a acostarse.

Abren la puerta de la cerca
y entran dos guardias con cara de gente mala
poniéndose guantes. Le ponen
un pedazo de tela entre las piernas.
Sostenlo ahí, le dicen.

Estoy tan asustada que no puedo tragar.

     ¡Mamita, mamita!

Un miedo cortante se apodera de mí.
Betita, está bien, chiquita, está bien, la voz le tiembla.
Pero no está bien.
Hay mucha sangre.

     Mami, nuestro huevo. ¡Mami, nuestro bebé!

Entonces los guardias la agarran
por los brazos
para hacerla caminar.

Pero no puede.

Gruñen
al alzar
y arrastrar
a mi mamá
sangrante
lejos de
mí.

LA DESESPERANZA

me
rasga
las
venas
y
me hace
añicos
el
corazón.

LLORO CIEN MILLAS

No sé cómo
contar todo lo que lloro.
      ¿En tiempo?
      ¿En millas?
      ¿En tablas de multiplicar?
Tartamudea,
      se detiene,
            sigue adelante,
vuelve atrás.

No sé si estoy
hablando un idioma
que no sean lágrimas.

Solo conozco las palabras
      Mami, Mami, Mami.

Solo entiendo
que se la llevaron al hospital de una prisión
a cien millas de aquí.

SOLITA

A nuestra celda le dan
agua y cloro
para limpiar la sangre de Mami
del piso.

Trabajan en silencio,
solo se escucha mi llanto
y nuestras toses,
más altas y ásperas
a causa del cloro.

Las otras madres se amontonan
a mi alrededor como si yo fuera
una grulla huérfana
de la bandada.

Pero no somos una bandada
ni somos grullas.

Todas somos iguales.
No nos quieren aquí.
No somos bienvenidas.
Somos humanas.
Estamos enjauladas.

Aunque las demás
están conmigo
       yo estoy
sin

mi mami,
          estoy
sin
mi papi.

Estoy
          solita
ahora.

LO QUE SUPO PELO AMARILLO

Marisel viene a sentarse a mi lado
y le pide a Yanela, que está sentada en silencio
junto a mí, que nos dé un minuto.
Acerco las rodillas al pecho
y entierro la cabeza entre los brazos.

Ella comienza a hablar,
pero se detiene
y se queda otra vez en silencio.
Lo siento, chiquilla, dice finalmente.
Probablemente me culpes por
lo que le pasó a tu mamá, ¿verdad?
Pero ambas sabemos que ella no se
sentía bien desde hace rato.
Quiero decir, tres días sin comer
no la habrían hecho
sangrar de ese modo. Debes saberlo.

Las palabras se me escapan.

Parece que a Pelo Amarillo
finalmente le nació algo de compasión.
Me dijo que supo
que salvaron a tu mamá
y que el bebé nació.
¡Tienes una hermanita!

Alzo la cabeza tratando de atrapar la dulzura
oculta en sus palabras.
           ¿Viva? ¿Una hermana?

Las palabras salen lentamente.
Pero las dos están muy débiles, chiquilla.
No sabemos si
sobrevivirán, especialmente la bebé.

        ¿Por qué?   ¿Por qué?   ¿POR QUÉ?

Dejo caer la cabeza
y vuelvo
a abrazarme las rodillas.
Comienzo a mecerme,
incapaz de hallar
la fuerza
para detener
la caída
sin fin
de mi llanto.

DIBUJO Y ESCRIBO EN ALAS

Dibujo un charco de sangre.
Escribo:

> Mami.
> Betita, 20 de marzo

Dibujo a Mami esposada a la cama del hospital de la prisión.
Escribo:

> Despiértate, Mami. ¡Regresa junto a mí!
> Betita, 21 de marzo

Dibujo un bebé en una caja conectada a unos tubos.
Escribo:

> No tienes nombre.
> Por favor, déjame ver tu cara.
> Betita, 22 de marzo

Me dibujo a mí misma en un desierto de noche con la luna.
Escribo:

> Camino en una tormenta de arena y lágrimas
> bajo la luz de la luna.
> Betita, 23 de marzo

Me dibujo a mí misma con un gran agujero en la panza.
Escribo:

> Para qué es la comida
> si yo solo tengo
> hambre de Mami.
> Betita, 24 de marzo

Ya no dibujo grullas ni alas, solo un montón de jaulas.
Escribo:

> Ya no creo en volar.
> Betita, 25 de marzo

EN EL CONTORNO DE MAMI

Josefina trata de que yo coma,
pero no puedo.

Trata de que duerma
en mi sitio cerca de Yanela,

quien está más perdida que nunca,
pero no duermo.

Me pregunto si tía Raquel supo
lo que le ocurrió a Mami

en la otra punta
de este laberinto de jaulas.

Me quedo despierta buscando el contorno
del espacio que ocupaba Mami en el concreto junto a mí.

Cuento las veces que los guardias
nos iluminan la cara con una linterna.

Cierro los ojos cuando se acercan,
fingiendo dormir.

Cuento diez linternas en la cara
en una noche.

Me pregunto cómo pude dormir
con eso antes.

Me pregunto por cuánto tiempo
seguirán haciendo la huelga de hambre.

Me pregunto si Fernanda
regresará alguna vez.

Me pregunto si Papi sabe
que ahora tiene otra hija.

Me pregunto cómo estarán Mami y la bebé,
luchando por vivir.

NUEVOS TESTIMONIOS

No puedo mirar
a nadie a los ojos,
solo veo las páginas en blanco
de Alas.

Marisel se acerca
a ver, pero tapo
lo que estoy dibujando.

Oye, chiquilla, ¿me dejas ver
en lo que estás trabajando?

      No.

Vamos. No voy a criticar.
Solo quiero ver.
Me jala la manga.

Finalmente alzo la vista
a la brisa cálida
de su sonrisa y
al *lo siento* de sus ojos
y mi enojo
con ella comienza a desaparecer.

Dejo caer a Alas
y lo abro de par en par.

Tus dibujos son hermosos,
dice pasando las páginas.
¿Cómo se llaman?

      Poemas de grulla, quiero decir, poemas visuales.
      La Srta. Martínez me enseñó a hacerlos.
      Muestran los sentimientos de uno.

¿Para quién son?

      Para mi Papi.
      Se supone que Fernanda
      se los mande.

Eso es muy amable de su parte.

      Bueno, también son
      para el juez.
      Son testimonios
      para nuestro caso.

Qué interesante. Estoy segura
de que van a ser muy útiles.

      Eso es si ella viene
      alguna vez a buscarlos.

Debe venir pronto,
Betita. Cuando lo haga,
estarás lista. Ojalá
todos tuviéramos testimonios como los tuyos.
Realmente nos podrían ayudar.

Entonces se me enciende una chispa
en el
cerebro
y sin pensarlo

digo:

      Todos podríamos hacerlos.
      Tengo papel suficiente.

¿De veras? Pero tendrías que enseñarnos cómo se hacen.

      Eso sería lo más fácil.

Siento una luz ligera
en mi interior al pensar que
puedo ser maestra como Mami.

CÓMO MIRAR POR DENTRO

No es tan difícil
recordar
cómo me enseñó
la Srta. Martínez.
Arranco treinta y cinco hojas
de Alas,
reparto
mis crayones
y les muestro a todos
algunos de mis poemas visuales
de ejemplo.

Para hacer un poema visual,
primero cierren los ojos,
les digo.
Entonces dejen que la imaginación
los lleve hasta su corazón
y pregúntenle:
¿Cómo te sientes?
Cuando sepan la respuesta,
si es algo triste o que dé miedo,
o alegre o gruñón,
pregúntense:
¿Cómo luce este sentimiento?
¿Qué figuras aparecen en su mente?
¿Qué palabras aparecen?
¿Qué historia están contando?

No tienen que usar
demasiadas palabras ni dibujar
demasiados detalles.
Ambas cosas pueden ayudarse
mutuamente a contar
lo que le sucede al corazón.
No olviden
poner la firma y la fecha
al final de la hoja.

Esto es exactamente lo que hago
cada vez que hago uno mío.

TODOS DIBUJAN Y ESCRIBEN

Una princesa con la corona rota.

> Papi, me dijiste que me traerías al lugar donde nacen las princesas.

Un tren de carga con gente encima, colgando de los costados, extendiéndoles los brazos a los demás que están en el suelo.

> Montamos La Bestia para llegar aquí. Una vez unas mujeres nos dieron una bolsa de comida.

Niños jugando al fútbol en un campo y hombres con armas disparando balas.

> Estaba jugando al fútbol con mis amigos cuando vinieron a matarnos.

Gente montada en una balsa en un río liderados por un hombre con cara de coyote.

> Los coyotes son animales que aúllan de noche y te roban el dinero y el alma.

Marisel dibuja una chica con letreros alrededor de la cabeza.

> Sueño con el día en que todos los inmigrantes sean libres, y yo también.

Carlos dibuja un superhéroe cuadrado con relámpagos en lugar de manos.

> Súper Eléctrico llegó para derribar a los malos.

Yanela dibuja una chica volando sobre un prado de flores.
Cuando soy una grulla nadie puede lastimarme.

Josefina dibuja una mujer que extiende los brazos hacia tres niños del otro lado de una cerca.
El día en que se llevaron a mis hijos, me morí por dentro.

Ellie dibuja una chica de pie a la orilla del mar tomando a un niño más pequeño de la mano.
Mi hermanito ya no está porque éramos muy pobres y no podíamos comprarle medicina. Él era mi mejor amigo.

La mamá de Ellie dibuja una mujer llorando que sostiene a un niño en brazos.
Si pudiera cargarte una vez más, mi niño, si pudiera cargarte.

UNA CAMPAÑA SIN PAPEL

Cada uno hace tres poemas visuales
y a Alas casi no le queda papel,
así que tenemos que parar.

Le pregunto a Marisel si puedo conservar
algunas hojas para mí.
Claro, chiquilla. Quizás estos
sean suficientes para que Fernanda
comience una campaña.
   ¿Qué campaña?
   Pensé que eran para los abogados.
El mundo tiene que ver
estos poemas visuales, chiquilla.
Se incorpora para explicar.

Van más allá de los hashtags.
Cuentan la historia verdadera
de quiénes somos, de dónde
venimos y qué necesitamos.
   ¡No son para eso, Marisel!
Probablemente no para ti, pero si lo piensas
bien, estos dibujos pudieran
ser lo que la gente necesita ver
para entender lo que sufrimos.
   No sé.
Confía en mí. Por favor, chiquilla.
Al menos debemos intentarlo.

Digo que estoy de acuerdo porque sé
que los poemas visuales nunca me han fallado.

CANCIONES DE TABLAS DE MULTIPLICAR

Algunos niños cantan las tablas de multiplicar
durante el recreo en el patio.
Dejaron de hacerlo dentro
porque me da ganas de llorar
pensar que la escuelita continúa
sin Mami.

Puedo escucharlos aunque
estoy en la otra punta
del patio mirando a Yanela
y a Ellie que se persiguen una a otra
alrededor de un bote de basura.

No sé si alguna vez
vuelva a ver a Mami o a Papi.

No sé si alguna vez
conoceré a mi hermanita.

AIRE AMARILLO DE PAPEL

No dijo cómo ni por qué,
pero trajo un fajo grueso
de papeles y una caja plástica
llena de crayones
y la puso en el suelo
dentro de la celda.

Entonces cerró la puerta
y dejó el olor
de su pelo amarillo
en el aire
tras de sí.

FINALMENTE, FERNANDA

Fernanda no puede
ocultar el temblor
en la voz cuando
finalmente habla conmigo.
No me importa.

> Quiero a mi mami.
> Quiero a mi hermanita.
> Quiero a mi papi.

Le digo, como un disco rayado.
Quisiera poder complacerte, cariño,
pero no puedo. Tu mamá y tu hermanita
tienen una infección en la sangre. Su estado es delicado.

> ¿Por qué no puedo estar con ellas?
> Pudiera ayudarlas.
> Pudiera cantarles.

No pueden estar con otra gente, y tú
tienes que quedarte aquí a esperar con tu tía Raquel.

> ¡Pero ni siquiera he visto a tía Raquel!

Voy a ver si puedo lograr que te pongan
en su misma celda al menos.

> ¿Por qué no puede Papi estar con Mami y la bebé?

Porque tiene que permanecer en México. No pude
contactarlo antes de venir.

> ¡Pero somos una familia!

grito.

> No lo entiendo.
> ¡No entiendo, no entiendo!

espumajeo por la boca.

No entiendo
y Fernanda
no puede
hacer nada.

LA FERNANDA DE MARISEL

Marisel camina de un lado a otro frente a mí
cuando termina con Fernanda.
Le di
casi cien
poemas visuales
para la campaña.
      Veinticinco de esos
      son de los mejores que he hecho.
¡Eres nuestra maestra, SON los mejores!

El grupo con el que ella trabaja
va a hacer una exposición de arte
y van a colgarlos allí y
a invitar gente, incluso periodistas.

      ¿Crees que los colgarán
      en un tendedero
      como solía hacer Mami con los míos?

Marisel me acomoda el pelo
tras la oreja y dice:
Probablemente los pongan en marcos, chiquilla,
y los vendan para recolectar dinero para pagarle a Fernanda,
y así ella pueda seguir trabajando para nosotros sin cobrar.

Eso es algo en lo que nunca antes
pensé. Marisel conoce
otro lado de Fernanda
que yo no conocía.

CUENTO

veinte días desde que Mami sangró,
veinte recreos bajo el sol,
veinte madres y niños más
en nuestra celda, llorando,
con las manos, los labios y los pies
poniéndoseles azules del frío.
Veinte veces más que no
quiero volar con Yanela y con Ellie
ni pelear con Carlos.
Ni siquiera la bebé Jakie
me hace reír.

Cuento una patada en la cara
mientras duermo, de un guardia
que estaba buscando
a otra persona.

Y quince días desde que
Fernanda se llevó nuestros poemas visuales,
pero ahora está de vuelta
para decirnos
            ¡que nuestra campaña se está haciendo viral!
Y la gente está protestando porque
vieron los dibujos y las palabras
de nuestras pesadillas
y también sintieron miedo.

PETICIÓN

A Marisel y a mí
nos llaman a la oficina
sin decirnos por qué.
       Marisel, ¿y si nos metimos en problemas
       a causa de los poemas visuales?
Ella me frota el dorso de la mano antes
de sujetármela y halarme para que eche andar.
No me sorprendería. Esta gente no sirve.

Nos llevan a un cuarto vacío,
con excepción de algunas sillas y
un montón de equipos
que nunca antes había visto.

Hay un par de gente elegante
allí con Fernanda;
no son abogados, dicen
que son reporteros.
Quisiéramos hablar con las dos
si no les molesta.

Halo a Marisel para marcharnos,
pero ella me hala de vuelta.
       No puedo. No quiero.
Escucha, Betita, esta pudiera
ser la única manera de lograr que salgamos
de aquí. Tal vez alguien vea
esto y nos ayude.

Una mujer reportera nos interrumpe:
No tienes de qué preocuparte,
solo podemos filmar tu silueta
porque eres menor de edad.

De modo que me siento junto a Marisel
frente a unas lámparas grandes
y unas cámaras grandes
en un cuarto grande
para hablar
de la huelga de hambre
y de nuestros
poemas visuales
y de lo que hemos
pasado.

ESPERANZA COMO UN CIELO CAÍDO

Cuando les contamos a los demás de la entrevista,
Josefina nos pide que recemos por que nos liberen.
Dice que quizás esto lo logre.
Cierro los ojos y no rezo.
Todos mis deseos han sido estrangulados
dentro de un cielo caído
que solo conoce
este piso de cemento,
estas cercas,
las nimiedades que pueden ser hechos,
las hermanitas y Mamis con infección sanguínea,
los Papis lejanos,
los quédate aquí,
las solitas,
las huelgas de hambre,
los poemas visuales virales,
a Alas
con solo cuatro páginas para mí
para sentir y escribir,
con solo cuatro
páginas
de cielo
donde
caer.

CUANDO VIENE EL GOBIERNO

Son un enjambre
de uniformes y trajes
como un remolino de avispas salvajes
al ataque.

Son groseros cuando
entran a nuestra celda.
Los niños lloran y se aferran a sus madres
cuando a los adultos los hacen formar fila
y comienzan a ponerles unos gruesos brazaletes electrónicos
apretados en los tobillos.
¿Brazaletes que representan una especie de libertad?
Marisel dice que estos brazaletes los rastrearán
para que asistan a juicio,
pero primero tienen que pagar una pequeña fianza.

A Marisel la llaman a esa fila
y comienza a iluminarse de felicidad
como los otros, por más que
los hombres de traje los miren con ceño fruncido.

Otras familias hacen fila y les dicen
que serán transferidas
a un albergue temporal para familias
que dirige una organización caritativa, con camas,
ropa limpia, sin jaulas,
y donde todos estarán
juntos.

Yanela, Carlos y Jakie
hacen fila junto a Josefina
y brillan de tanto que sonríen.

Josefina, sin salirse de la fila,
me lanza un puñado de besos,
alza
        los brazos frente a sí,
              haciendo un círculo
              como un abrazo de aire
      que pudiera
alcanzarme.

Yanela se libera
              y corre a mi lado.
Me sujeta ambas manos
y dice: *Cuídate mucho, Betita,*
y me envuelve en un abrazo.
Gracias por ser mi única
amiga. Gracias por enseñarme a volar.
        Cuídate tú también, Yanela.
La abrazo por mucho tiempo
hasta que ella se libera y regresa
a la fila, despidiéndose con la mano.

Los padres que aún esperan
que les devuelvan a sus hijos
se quedarán en una celda para adultos hasta
que puedan encontrar
a los niños;
la cara se les retuerce
de tristeza.

Las casi solitas y sus hijos
que tengan a alguien
esperando por ellos
afuera serán liberados.

De repente una cara que creo
reconocer atraviesa la puerta.
¡Mi tía Raquel está
en la jaula conmigo!
          Pero no es la misma.
Sus ojos son dos huecos hundidos,
su cara se ve tan flaca que los pómulos
parecen cuchillos afilados,
sus labios están tan cuarteados
como el asfalto viejo,
y no habla.
          ¡Tía, soy yo, Betita! le digo.
Ella no responde,
pero me atraviesa con la mirada
como una persona devorada
por la desesperanza.

Me quedaré aquí
dentro de este monstruo
junto a padres sin hijos
e hijos sin padres
          como yo.

HICIMOS ALGO

Marisel me dice palabras
que al principio no
comprendo. Ella se aleja
cada vez más en la fila.
Creo que dice:
¡Gracias, chiquilla! ¡Tú hiciste esto! ¡Gracias!
Pero no estoy segura.

Hicimos algo.

Me pego a Alas al pecho,
respiro hondo
y sonrío,
sintiendo que mi corazón
se agranda de felicidad
por ellos y
se encoge a causa de
un dolor tan grande como
una montaña
por mi familia
también.

UN REGALO MEXICANO

No tengo novedades para ti, Betita.
No he podido contactar
a nadie con cerebro
en el hospital de la prisión.
Fernanda está calmadamente preocupada.
      Lo sé.
Deberías sentirte orgullosa por hacer
que las cosas realmente cambiaran aquí, Betita.
      Sí.
Tus poemas visuales han viajado
por todo el país y han ayudado
a mucha gente a comprender.
      Fueron hechos por todos aquí.
      Sin embargo, a mí no me ayudaron.
Es porque no puedo pedir fecha para el juicio
hasta saber cómo está tu mamá.
Pero una vez sepa cómo está y le muestre tus dibujos
al juez, tengo el presentimiento
de que les darán asilo.
Me encojo de hombros porque no le creo, pero no se lo digo.

Tengo algunas cosas para ti, Betita.
Un nuevo cuaderno con mejor papel
y algunos crayones nuevos.
      Gracias, Fernanda, le digo,
      y mi seriedad
      se traga
      la verdad de lo que realmente quiero.

Y este sobre de aquí
es de tu papá en México.
            ¿Papi?
Sí, cariño, tu papi.
Lo abrieron porque
necesitaba pasar la inspección.

Un guardia me entrega los regalos de Fernanda.
            Me tiemblan las manos
                    al tomar el sobre
            y comenzar a abrirlo
        tan despacio
que me sudan las palmas.
            Cuando alzo la solapa
                ¡puedo oler a Papi otra vez!
                    Su olor está mezclado
                con un aroma de plantas y de tierra
            que no reconozco.
Cierro el sobre y pregunto:
            ¿Puedo quedarme con esto?
¡Por supuesto!

Le agradezco y
digo adiós tan de prisa
que tropiezo con las palabras.

MI QUERIDA BETITA PLUMITA,
MI GRULLITA:

Espero que cuando leas esta carta estemos un día más cerca de estar juntos otra vez. Es muy duro intentar explicarte por qué estamos separados. He pasado trabajo para comprenderlo yo. He estado muy preocupado, amorcito, porque Mami y la bebé están muy enfermas y porque tú estás solita en ese lugar. No sé cómo se complicaron tanto las cosas. No sé cómo se solucionará todo esto. Solo puedo decir que lo siento. Lo siento muchísimo, Betita. Espero que un día encuentres la manera de comprenderlo y me perdones.

Fernanda me dice que has sido muy valiente y que enseñaste a volar a la gente hacia la belleza de su sufrimiento, tal como siempre te recordé que hicieras, y eso ha cambiado las cosas para muchos. Siempre has sido muy buena para volar.

Estoy especialmente agradecido por los poemas de grulla que me enviaste. No sé cuál de ellos es mi favorito. Todos han hecho que mi corazón se eleve y me han hecho sentirme más cerca de ti, pero también me han hecho llorar porque no puedo creer por lo mucho que has pasado y porque me gustaría estar allí, volando contigo. Porque vuelas, como un tocuilcoyotl, en estos poemas y dibujos, aun cuando pienses que ya no tienes alas.

He intentado escribirte poemas de grulla también. Algunos no eran muy buenos, así que solo incluyo aquí los mejores; los que tienen más sentimiento, como haces tú. Lo intenté, de verdad. Cuando te vea de nuevo intentaré ser mejor alumno.

Antes de terminar esta carta quiero que lleves algo hasta el hueso: eres hija y nieta de gente que se esfuerza. Nos esforzamos para amar, para vivir una vida decente, para ser buenos y hacer el bien, para ser unas de las muchas grullas que migran buscando un hogar seguro. Por favor, nunca lo olvides. Por favor, nunca olvides que vienes de este vuelo a la libertad.

Te quiero desde aquí hasta donde las estrellas nunca se acaban.

Amor eterno,
tu Papi

POEMAS DE PAPI

Dibujó una bandada de grullas volando sobre un muro alto.
Escribió:

> Somos grullas.
> Aunque estemos separadas,
> un día volaremos juntas otra vez
> para hallar el Aztlán que nos espera.

Dibujó mi cara rodeada de nubes.
Escribió:

> A través del cielo azul rojizo
> te veo en las
> nubes que barre el viento
> y te extraño.

Dibujó una grulla que aterriza en un campo de agave.
Escribió:

> Has estado en mi trabajo,
> tierra,
> lluvia,
> manos,
> pena,
> sueños,
> lucha,
> cura,
> corazón,
> piel.
> Has estado en mis alas.

PALABRAS ALADAS

A través de varias páginas de amor
leo y descubro que siempre
he sabido cómo volar libremente.

ENCUENTRO UN ESPACIO

en la jaula,
cerca de la callada tía Raquel,
para mi cobija plateada
y mi nueva colchoneta,
dentro del mismo frío,
los mismos piojos,
el mismo baño,
el mismo miedo
de todas nosotras las grullas
con cachetes manchados de lágrimas
y caras tristes
que hemos quedado
esperando.

Les doy papel.
Les doy lo que sé.
Les digo
que justo aquí hay un
modo de salir al
cielo o de hacer
que se doble en
el corazón
para que vuele.

Al menos el corazón.
Al menos eso.

POLVO DE CICLÓN

Cuando me llaman de
nuevo a la oficina, me dicen
que lleve mis cosas.
>Alas I y II, mis crayones,
>la carta de Papi y sus poemas de grulla.

Me dan una bolsa plástica
con las cosas que nos quitaron
a Mami y a mí.
>Su cartera además de los
>cincuenta centavos para la leche con chocolate,
>un pedacito de concreto que brilla en el sol
>y un poema de grulla doblado para Papi
>que hice en la escuela hace mucho tiempo.
>La abeja muerta que recogí en la yarda
>ahora es polvo, solo polvo.

Estás siendo procesada para ser deportada.
>*¿Deportada? ¿A dónde?*
A Guadalajara, México. Su familiar Roberto Quintero
estará allí para recibirla.
>Pero ¿qué hay de Mami? ¿Qué hay de la bebé?
Doy un golpe en la mesa con el puño cerrado.
>¡No me iré de aquí sin ellas!
Ya no me quedan lágrimas. En mi voz solo hay enojo.

¡Cálmate! Están en la celda de espera del otro lado del pasillo.
Viajarás con ellas.
>¿Qué?

Lo que me dicen
hace que mi mente naufrague
como un ciclón
que toca tierra.

UN SILENCIO

Al principio
        no tengo aliento, no puedo ver.
No tengo una oración ni una imagen.
         Extiendo las manos para encontrar
            un silencio más allá de mi cuerpo.
No reconoce a la mujer
        que me abraza, no
            conoce su voz, su llanto ahogado,
Mi niña, mi niña. Betita, estoy aquí.

        No reconoce
            las dulces líneas en su cara,
      pero, de algún modo, de algún modo,
            encuentro un destello que
      me anima a sonreír.
Encuentro una abertura por la que
      flotan los recuerdos
de vuelta a mí,
a la añoranza por
      la Mami que quería
         tanto que la llamé
         en sueños,
      la Mami que me imaginaba en
      una tumba de flores
      que nunca podría ver.

Esa Mami ahora
agita sus enormes
alas de un dorado marrón

alrededor de las mías,
y me abraza tan fuerte
que quiero doblarme
dentro de ellas
y dejar que mi
incredulidad se vaya
y todo su cariño
me sostenga.

EL HUEVO TIENE NOMBRE

Mami abre un bulto de tela
que lleva amarrado al pecho.

No puedo creer lo que
veo:
una bebé grulla
con orejitas emplumadas,
labios redondos
como un pico fruncido,
durmiendo.

Esta es tu hermanita, mi'ja.
Se llama Alba.
          ¿Alba?
Quiere decir la primera luz del día.

Le doy un beso muy ligero
en su cabecita,
pero no me le acerco demasiado
para no pegarle
mis piojos
ni mi tos.

Su nombre es una llovizna
en mi mente, donde imagino
un poema de grulla para ella,
          un horizonte con apenas la parte de arriba de un sol con
          ojos, fisgoneando.

Alba, una grulla que sale
de la noche
y entra a la luz.

LA MONTAÑA FRENTE A NOSOTROS

Mami, ¿por qué nos envían de vuelta a México
donde los hombres pueden encontrarnos;
donde pueden encontrar a Papi?
Mami, le tengo mucho miedo a la montaña.
Nos envían de vuelta porque yo lo pedí.
A eso se le llama "partida voluntaria".
¿Por qué lo hiciste? ¿Y Fernanda
y nuestro caso de asilo para estar a salvo?
Tengo el corazón y el cuerpo rotos, amor,
dice, y me acaricia la cara con una mano.
Todos hemos sufrido mucho. Ahora que te recuperé
no puedo soportar que sigamos viviendo así.
Necesitamos estar juntos otra vez. Necesitamos estar juntos
aunque yo también le tenga miedo a México.
Pero yo no recuerdo México.
Recuerdo el este de Los Ángeles.
Mi escuela.
Nuestra yarda.
¿Volveremos alguna vez?
Somos grullas y nuestro destino es migrar, ¿no es cierto?
Es posible que lo hagamos
algún día, es posible.

UNA GRULLA MECÁNICA

Arriba, más arriba de la tierra
de lo que jamás he volado,
                    más cerca del sol,
todo lo de abajo se desvanece,
            desde los edificios y los matorrales
hasta los desiertos,
            en un océano de nubes.

Siento que las palabras de Papi
            hallan el camino
hasta mis brazos.
            Dulzura, lucha, belleza,
y ahora también son mías.
            Mami y la bebé Alba
junto a mí.
            Grullas en pleno vuelo.

            Pronto, los ojos expectantes
de Papi
            se encontrarán con los nuestros
en los más cálidos abrazos otra vez;
            él verá a Alba volar
por primera vez
            y todos aquellos días
en que estuvimos separados
            se borrarán en una neblina
de las que perdonan,
            un viento que es amor,

para ayudarnos a enfrentar
el trueno del peligro, juntos.

Pronto,
bajaremos las alas
y tocaremos la tierra
de otro hogar.

Querido lector:

Gracias por tener el valor de ser testigo de la penosa historia de Betita. Aunque esta es una obra de ficción, mucho de lo que se cuenta está basado en las experiencias de niños inmigrantes reales y sus familias. La de Betita puede incluirse en la historia mayor, trágica y verdadera, de la criminalización de la migración, que se extiende por cientos de años en Estados Unidos.

La historia de la humanidad por todo el planeta es la de la migración. Las Américas se poblaron de ese modo. Sabemos de Aztlán, una de las patrias del pueblo mexica (y el lugar al que Beto, el padre de Betita, hace referencia en el mito), porque es la historia de una migración relatada en el Códice Boturini (uno de los pocos libros que se conservan de la Mesoamérica precolonial). En la superficie, los motivos por los cuales migramos son demasiado diferentes como para hallar puntos en común. Sin embargo, cuando miramos de cerca, las necesidades de los migrantes son muy similares tanto en el mundo de los humanos como en el de los animales. Si analizamos los patrones migratorios —no solo de las personas, sino también los de las grullas y otras especies—, notaremos algo que todos los migrantes tienen en común: migran para sobrevivir cambios en su entorno, y también por su bienestar. Hemos sido los humanos quienes dibujamos líneas en la arena, erigimos muros y fronteras alrededor de nuestros territorios y consideramos a otros "ilegales" cuando cruzan esos muros y fronteras.

La política de "tolerancia cero" de la administración Trump provocó que miles de niños inmigrantes, la mayoría de ellos de América Central, fueran separados de sus padres, metidos en jaulas y tratados de forma inhumana. Esta política también provocó un aumento del número de inmigrantes que fallecieron intentando cruzar la frontera o estando bajo custodia. A pesar de las protestas globales por las evidentes violaciones de los derechos humanos, la administración continuó lastimando a niños y sus familiares en busca de asilo a medida que sus leyes fueron recrudeciéndose en un horror continuo. No había compasión por los inmigrantes, ni comprensión por los motivos por los cuales las personas se ven forzadas a huir de sus países junto a sus hijos. Me descorazona y me horroriza no solo lo que han hecho la administración Trump o administraciones anteriores, sino también el que haya ciudadanos de a pie que apoyen ese discurso de odio hacia los inmigrantes. Los puntos de vista de estas personas y sus supuestos derechos sobre la tierra y el territorio no tienen en cuenta a los pueblos nativos de

Estados Unidos, los cientos de años de migraciones y, en general, el sufrimiento humano que es la causa por la que la gente migra.

Escribí *La tierra de las grullas* teniendo en cuenta la larga y devastadora historia de las redadas, las separaciones, las deportaciones, los encarcelamientos y las muertes sufridas por mi comunidad; pero también la escribí desde un lugar íntimo. Yo, al igual que Betita, fui una niña indocumentada. Nací en México y me trajeron a Estados Unidos siendo muy pequeña. Mi miedo infantil por "La Migra" (el servicio de control de inmigración) y como esta podía fácilmente separar a mi familia me duró hasta que recibimos nuestros permisos de residencia, aunque esto no era necesariamente garantía de nuestra seguridad. La comunidad de inmigrantes en la cual Betita se crio en el este de Los Ángeles y los miedos, estigmas y prejuicios que ha enfrentado esa comunidad son también los míos. Aunque nunca fui detenida ni deportada por ser inmigrante, algunas personas en mi familia y mi comunidad sí lo han sido. Esta es una historia que tenía que contar por nosotros, pero no es la *única*. Este libro es parte de una tradición literaria más amplia a la que pertenecen numerosos autores que han estado hablando de las heridas de la migración por muchas generaciones.

Decidí llamar a algunos de los personajes de este libro por los nombres de niños que murieron estando detenidos o mientras migraban. Lo hice con el mayor respeto y cariño y también para honrar su memoria y añadir repercusión a sus vidas, aunque solo sea en las páginas de este libro. Tengo la esperanza de que más historias de #ownvoices desde la perspectiva centroamericana se alcen para hablar de las profundas tragedias y los sufrimientos padecidos por estas personas. Hace falta contar estas historias, especialmente porque estas comunidades —muchas de las cuales son indígenas— conforman las mayores cantidades de inmigrantes que vienen hoy día a la frontera.

Aunque parece imposible enfrentar estas injusticias, esta crisis requiere que ampliemos nuestra humanidad e intentemos hallar soluciones positivas. Nuestras soluciones deben estar basadas en el respeto a los inmigrantes y en las descorazonadoras circunstancias en las que se encuentran, y no pueden alcanzarse construyendo más muros ni actuando con crueldad. Creo en nuestro espíritu colectivo cariñoso, y este libro, este largo poema visual, es mi ofrenda de esperanza.

Gracias por hacer el viaje con Betita. Ojalá que, como ella, encuentres la luz en la hora más oscura o, como dice su Papi, "encuentres dulzura en tu lucha". Ojalá puedas ver que como niño, al igual que Betita, tienes el poder de escribir, de dibujar, de hablar contra las fuerzas que buscan convertir a los inmigrantes en criminales. Ojalá que tus alas y tu voz nos ayuden, a los miembros de la familia humana, a alzarnos sobre el odio y a llevar las muy necesarias compasión y justicia para los inmigrantes hasta una vasta migración por todo el planeta: todos nosotros con amor, volando juntos.

Agradecimientos

Siento una gratitud inconmensurable hacia mi querida mamá, María Isabel Viramontes Salazar, cuyo amor alado siempre me llevó consigo. Gracias, Mami, por tu vida hermosa de inmigrante llena de sueños, alegre y fuerte, paciente y fiel, honesta y generosa, que siempre disfrutó de un amor tierno e incondicional. Mi mundo nunca será el mismo sin ti. Que sueñes con los angelitos.

A mis preciados amores, John, Avelina y João, gracias por enseñarme el trabajo profundo de hacer crecer mis propias alas. A mi enorme familia de inmigrantes: Papi, hermano, hermanas, sobrinas, sobrinos, cuñados, tías, tíos y primos, heridos como estamos y hemos sido por la vida y las pérdidas, los quiero y les agradezco por todo.

Muchas gracias a Las Musas y al Xingona Collective, su fuego y su conocimiento latino de la palabra hace que mi alma y mi escritura se estiren para alcanzar nuevas alturas. Un agradecimiento especial para mis queridos amigos y colegas del mundo literario, en mi comunidad y en mi círculo cercano. Gracias por darme la retroalimentación y el apoyo necesarios, abundante espacio y cariño, mientras reescribía este libro y cuidaba y más tarde guardaba luto por Mami. Los quiero con el alma.

A Marietta Zacker, incomparable agente y amiga del corazón, gracias por ser almohada, columna vertebral, puente, espejo, trampolín, visionaria y chola en el mejor de los sentidos.

A Nick Thomas, mi más profunda gratitud por creer en la importancia de esta historia desde el comienzo, y por tu inteligencia y tu generosidad extraordinaria por editar este manuscrito y por instarme a hacer que la voz de Betita cantara. Gracias a Andrea Davis Pinkney y a Jess Harold por recoger el batón con tanta delicadeza y llegar corriendo conmigo a la meta. Al fenomenal equipo de Scholastic: Lizette Serrano, Daniel Yadao, Emily Heddleson, Sydney Tillman, Amy Goppert, Melissa Schirmer, Rachel Feld, Julia Eisler, Lauren

Donovan, María Domínguez, Ellie Berger, Dick Robinson, los más grandes corazones en el negocio, gracias por abrirme tantas puertas y por apoyar mi trabajo con un espíritu inquebrantable. A la mágica diseñadora de libros, Maeve Norton, y a los ilustradores de cubierta y de interiores, Quang & Lien, gracias por esforzarse para hacer este libro más hermoso de lo que jamás podría haber imaginado.

Mis mayores respetos y agradecimiento a los periodistas de inmigración Tina Vásquez, Aura Bogado y Roberto Lovato, y a la abogada de inmigración Fernanda Bustamante. Su trabajo como latinos documentando la experiencia de los inmigrantes con dignidad y luchando en las fronteras por los derechos de los inmigrantes ha sido un regalo tremendo. Este libro avanza bajo su luz. Gracias también a Lily y a Zoe Ellis, y a Kaia Marbin, su proyecto de arte "El efecto mariposa: La migración es hermosa", que consiste en crear 75.000 (hasta ahora) mariposas de papel en todo el país para honrar a todos los niños detenidos es un ejemplo increíble de cómo el arte puede generar un cambio.

Elogios especiales a los activistas, los luchadores, los mediadores, los insumisos, los escritores, los artistas y los soñadores que defienden la justicia y la verdad. Gracias por luchar por hacer que el mundo sea un lugar mejor. ¡Adelante!

Mi más desconsolado cariño para Jakelin Caal Maquin (7 años), Felipe Gómez Alonzo (8 años), Wilmer Josué Ramírez Vásquez (2 años), Carlos Hernández Vásquez (16 años), Mariee Juárez (20 meses), Darlyn Cristabel Córdova-Valle (10 años) y Juan de León Gutiérrez (17 años), quienes perdieron sus jóvenes vidas bajo la custodia de inmigración, y a los niños inmigrantes sin nombre que también fallecieron estando encarcelados o cruzando la frontera, a los que han sido separados de sus padres, a aquellos que han estado o que permanecen encarcelados y han soportado la brutalidad de esa experiencia. Ustedes importan, y lo siento muchísimo.